DOCE BALAS MÁS UNA

DOCE BALAS MÁS UNA

Marko Antonio Muñoz Pipaón

Bilbao 2015

1.ª edición: febrero 2015
2.ª edición: mayo 2015

ISBN: 978-84-606-8049-9

Contacto:

http://about.me/markoescritor
www.markoescritor.com
@markomunozpipao
www.facebook.com/markoantonio.munozpipaon
markoescritor@gmail.com

Para Asun y Oier con todo mi amor.

ÍNDICE

Agradecimiento especial para mis lectores beta:

Asun Lavandero Zuloaga
Marian Santos Panizo
Joseba Ugarriza

Gracias a los tres por ayudarme a cumplir mi sueño, cada uno a vuestra manera.

1

Bilbao, 10 de enero de 2015

Anna Young murió esta noche por meter las narices donde no la llamaban. Nació en Londres el año del señor de mil novecientos sesenta y cinco. ¡Qué divertida ironía que justo ayer fuera su cumpleaños!

Fue periodista *free lance* —autónomo, que decimos aquí—. Trabajó para diferentes medios periodísticos, sin demasiados escrúpulos por la línea editorial de quien le pagaba; aunque últimamente había desarrollado una dinámica de colaboración casi en exclusiva con el periódico *El Objetivo* —uno de esos medios que se dan un tinte rojeras pero que a la postre son igual de lameculos cuando les llegan las vacas flacas—. Con dicho diario, Anna y sus «Bombas informativas», había hecho mucha pupa a bastante gente con negocios legales e... ¡Quién sabe dónde está el límite entre lo legal, lo lícito y lo ilegal! ¿Lo marca la ley?

El caso es que con dichas exclusivas —muy bien trabajadas, todo hay que decirlo—, Anna Young se había ganado bastantes enemigos —no tengan ustedes la tentación de pensar que fueron éstos los que acabaron con su vida, porque esto dista mucho de la realidad—, y una buena reputación en la profesión. Estaba cotizada en su mundo.

Como ya he mencionado en un principio, la señorita Young nació en Londres. Tuvo como vecinos en su infancia y mocedad a Margareth Thatcher y a Cristopher Lee en el selecto y selectivo barrio de Belgravia. Lo tenía todo pero la niña quiso ser periodista. Y hasta donde servidor alcanza a saber, esta inquietud le entró cuando su padre —juez de la corte de apelación de Inglaterra y Gales— falleció en extrañas circunstancias. Su Lotus Elise se fue al canal de la Mancha por los acantilados de Dover. Esa misma semana había fallado una histórica sentencia contra una petrolera. El asunto quedó en un accidente, y a Anna, por su parte, también le quedó para siempre una espina clavada en la convicción de que no había sido tal. En cualquier caso, nunca reunió el valor suficiente para coger el toro por los cuernos. En definitiva: treinta y cinco años más tarde la hija ha repetido los errores del padre y ha terminado igual. El ser humano nunca aprende...

Cursó la carrera de periodismo en la «Leeds Metropolitan University». Su madre la quería bien casada —como debe ser— y ella se empeñó en iniciar su cruzada por la verdad. En el campus: mucha juerga y sexo sin protección. Un paraíso del hedonismo que acabó con una carrera aprobada por los pelos y un aborto a los diecinueve; ¡aquí sí que acudió al socorro de mamá!, o mejor dicho, al de su cartera.

Otra de sus aficiones —que practicaba de lunes a viernes en horas que más cabalmente deberían de haberse utilizado para el estudio de las materias académicas—, era la lectura. Principalmente novela policíaca y de suspense: Edgard Allan Poe, Arthur Conan Doyle, Samuel Dashiell Hammett, Raymond Chandler y por supuesto su admirada Agatha Christie, de quien tomó el seudónimo con el que firmaba sus artículos: Agatha Miller. Parece que le divertía la idea de guardar su identidad tras el nombre de pila que la escritora británica escondía, con el alias que le hizo famosa internacionalmente.

En aquellos primeros años tras la universidad entró a trabajar como becaria en *El Ibérico. El diario español en Londres,* un periódico gratuito en el que se pasó una buena temporada haciendo los recados y trayendo cafés a los jefazos sin cobrar un penique; hasta la jubilación de uno de los mejores activos que había tenido dicho medio, en su no demasiado extensa historia.

Hay que decir en defensa de Anna que a pesar de su actitud en la universidad, no desaprovechó esta oportunidad y que cuando apenas llevaba año y medio en su nuevo rol en el periódico, la enviaron como corresponsal a la recién inaugurada redacción en Madrid, pero ésta solo duró unos meses. La falta de liquidez se llevó por delante la flamante redacción y el trabajo de dieciséis personas. Fue aquí cuando Anna decidió ponerse por su cuenta. Era mil novecientos noventa.

Aquel mismo año, un grupo de jóvenes estudiantes de teología de la universidad de Deusto, se reúnen en secreto en un salón en el colegio mayor Bidealde, en la calle Gordóniz, en el centro de Bilbao. El tema del día incluía el debate sobre la pérdida de los valores cristianos en la sociedad y cuáles son los caminos que un religioso ha de seguir para revertir dicha situación. En el momento más acalorado del debate, uno de los jóvenes, uno bajito y más bien regordete, «el pelirrojo empollón», como es conocido entre sus compañeros, se levantó y tomó la palabra:

—Hermanos, amigos. Como muy bien habéis hecho patente con vuestros sesudos discursos, la sociedad ha devenido en una suerte de deriva moral que le afecta a todos los niveles y todos aquí habéis expuesto soluciones y todas, bajo mi punto de vista —y os pido que no os ofendáis—, pueriles. Pedís predicar —en el desierto diría yo—, la palabra de Dios. Y recomendáis que vayamos a los medios de comunicación, que si algunos son más cercanos a la Iglesia, que si «La Obra» tiene mucho poder; pero esto no son más que acciones que ya han sido exploradas con anterioridad y lo están siendo en la actualidad. Medidas que ya se han demostrado inútiles. ¡No! ¡Yo os emplazo a dar un paso adelante y conducir la ira del Santísimo hacia los infieles! ¡Una cruzada para reconquistar la sociedad a través de la espada!

Las propuestas de este joven estudiante de teología fueron de momento desechadas, pero en aquella reunión se constituyó el germen de una sociedad secreta que perdura aún y que es la vanguardia de la reconquista moral de la humanidad.

Volviendo a Agatha, yo supongo que a estas alturas ya habría descubierto que la prensa independiente no existe y que aquello de contar lo que pasa en el mundo con imparcialidad es una patraña, que se presenta así a la opinión pública para que parezca que «todo va bien». Otra cortina de humo en esta sociedad en que nada es lo que parece. Los medios de comunicación están dominados y dirigidos por unos u otros intereses; mayormente económicos y casi siempre es la banca quien mueve los hilos. Son voceros y no informadores.

Los de arriba —que también tienen las manos atadas, por los de más arriba— ablandan a los redactores jefe con amenazas y grandes cantidades de dinero. A los jóvenes periodistas con ideales no les queda al final más remedio que dejarse llevar y ceder si quieren comer. Anna no era así y lo pagó muy caro, lo pagó con su vida.

Su primer trabajo, después de la patada en el culo de *El Ibérico*, la trajo a Bilbao. Un reportaje sobre el jugador de fútbol del Athletic Club Julen Goikoetxea. Un aguerrido y al parecer apuesto chicarrón del norte que jugaba en la demarcación de defensa central. En la conversación informal, tras la entrevista, Agatha le contó a Julen cómo su tío abuelo fue uno de aquellos marinos que desembarcaron en Bilbao trayendo consigo el fútbol a la capital del Nervión, y cómo éste participó en aquel partido entre marinos y jóvenes bilbaínos del cuatro de mayo de mil ochocientos noventa y cuatro.

Lo de Julen para Anna fue un flechazo; un subidón de adrenalina que le duró menos a él que a ella. Cuando Anna se hallaba todavía subida en la montaña rusa del enamoriscamiento, él ya se estaba buscando otra barraca en la que subirse. Después solían quedar «como personas adultas», aunque en realidad era solo cuando Julen quería. De compromiso no se le podía ocurrir hablar a la periodista. Era un paripé de amor libre y sin ataduras que a Anna no le llenaba lo más mínimo, pero que en honor a la verdad fue lo que le empujó a echar raíces en esta ciudad.

Los últimos quince días de su vida, Anna los dedicó a los hechos que son objeto de esta narración. Empezó investigando un simple delito de evasión de capital, de no poco montante, aderezado con una pizca de chantaje y un chorrito de extorsión mafiosa. Algo demasiado terrenal; con toda seguridad, un buen titular para la portada. Pero Agatha Miller cometió la torpeza de meter las narices en los asuntos de Dios y eso le costó caro.

Agatha viajó a Londres a principios de diciembre, el seis o el siete, no lo sé seguro. Sabía que en el distrito financiero de su ciudad natal se invertían grandes sumas de dinero no declarado en sus países de origen o procedente de actividades ilícitas y/o abiertamente ilegales, debido al nulo control financiero y fiscal de la City de Londres. Allí blanqueaban dinero sucio grandes corporaciones de todo el mundo, los cárteles de la droga y los señores de la guerra. Este artículo sería su consagración.

En Belgravia seguía viviendo su anciana madre, en una villa que pagaba con la suculenta pensión que le quedó a la muerte de su marido. Allí puso su cuartel general, en una habitación de cincuenta metros cuadrados, cama con dosel y un espejo en el que se veía de cuerpo entero. El ventanal daba a Buckingham Palace Road.

La estancia de Agatha en la villa familiar liberó un poco a su hermana Fiona de la atención a los asuntos de su madre.

Fiona era la pequeña de las dos y siempre que podía le echaba en cara que era ella la que se encargaba de cuidar a la vieja.

Echó la caña acá y allá, con la vista en un premio que relanzara su carrera y fue así que husmeando una mañana en el Soho, de pronto se topó con un hilo del que tirar. Había quedado la periodista con un joven con aspecto de antisistema y todavía peor olor. Se llamaba Edgard Koch. La cita se concertó en un squat en la parte superior del Admiral Duncan y aunque su aspecto no invitaba mucho a tomar en serio sus palabras, Agatha estaba demasiado ansiosa como para pensar racionalmente.

El lugar era bastante lúgubre, algunos cristales rotos mal protegidos con cartones dejaban pasar el frío cortante del invierno londinense, la humedad ahogaba. En aquel «salón» había tres sofás raídos dispuestos en forma de «U» y en la parte abierta un viejo televisor que no tenía mucha pinta de funcionar. Carteles de Sex Pistols, Ian Dury y Lou Reed adornaban tres de las paredes, en la cuarta, justo sobre el televisor, prendía una bandera roja con la imagen de Ernesto Guevara, mejor no doy mi opinión...

Se sentaron en uno de los «sofás». Agatha, no sin reparos. Edgard sacó una cajita metálica en cuya tapa podía leerse: «Lucky Strike», extrajo de ella una pequeña piedra de hachís, cortó con los dientes una porción, abrió un cigarro de la marca «Royal Crown» y con ayuda de la llama del mechero lo mezcló todo, liándolo por fin en un papel de fumar.

—¿Quiere hacer los honores? —dijo Edgard ofreciéndole el canuto a Agatha.

—No gracias —contestó intentando sonreír para trasmitir «buen rollo», pero con evidente expresión de susto en su rostro.

—Es del bueno, ¿sabe? Traído directamente de Xahouen, sin intermediarios. Pero bueno, usted está aquí para hacer negocios, ¿no?

14

—¿Negocios? —preguntó Agatha cada vez más asustada.

—Cuando usted... ¿Puedo llamarla Agatha?

—Por supuesto. —El corazón de Agatha ya iba aterrizando pero ella no se encontraba nada a gusto en aquel antro.

—Bien Agatha, usted dijo a mi buen amigo Pete que necesitaba pruebas de que en la City de Londres se invierten millones de libras procedentes de negocios turbios. Yo tengo esas pruebas, pero claro, como usted comprenderá esas pruebas tienen un precio. Definitivamente aquello ya no le gustaba un pelo a Agatha que había creído ingenuamente en la buena voluntad de Edgard y ahora resultaba que aquellas pruebas le iban a costar un pico.

«Bueno quizá a fin de cuentas merezca la pena» —se dijo a sí misma, y luego le dijo a Edgard:

—Está bien. ¿Cuánto?

—¿No quieres ver la mercancía?

—Me fio de ti, ¿cuánto?

—Mil libras.

—¡Ni de coña! —gritó desde el fondo de su alma.

—Mil libras esterlinas es su precio, es información muy valiosa.

—¡Te doy quinientas y vas que jodes!

Pasaron un buen rato discutiendo el precio. Edgard se fumó otro porro y al final quedaron en la cifra de setecientas ochenta y cinco libras esterlinas. Edgard le entregó una carpeta y Agatha salió del squat maldiciendo el mal olor y los pocos escrúpulos del antisistema.

«Los papeles de Edgard Koch» no valen ni de lejos la pasta que había pagado por ellos. Sentada al calor de la llama protectora del hogar, en la salita azul de la villa de su madre y rodeada por los cuadros de los antepasados, Agatha abrió aquella carpeta mugrienta esperando encontrar no sabía qué. Pobre infeliz, lo que allí había no era más que una lista con ocho nombres, algunos de empresarios de renombre —incluso había un sir— y unas fotocopias de muy mala calidad de un supuesto libro de contabilidad en los que se detallaban cantidades «extrañadas» de una sociedad.

—¡«Nuevo Edén»!, —exclamó excitada Agatha—. ¡No me lo puedo creer!

Hacía no más de tres años que Agatha escribió un artículo para un semanal cercano al obispado, *Las sectas en el País Vasco,* se titulaba. Dada la línea editorial de dicho medio digamos que Agatha tenía manga ancha para dejar en mal lugar a dicha organización —que de por sí ya se desacreditaba sin ayuda—. Y puedo dar fe de que lo hizo. El obispo quería hacer coincidir aquel escrito con una epístola del Papa sobre el particular. Le quedó un artículo muy arreglado a los intereses del obispado y esta vez poco acorde con los cánones del periodismo. El caso es que centró su atención en la citada secta radicada en Bilbao y autodenominada como «Organización benéfica», «Refugio de mentes inquietas», «Consuelo de los escépticos de las religiones convencionales», y en su gurú supremo. Un hombre altivo y seductor de nombre nada acorde con su aspecto completamente occidental: Joshua Ben Joseph. ¡Menudo usurpador!

Es de suponer que este caradura no quedara muy contento con el artículo de Agatha y quiso la mano de Dios que volvieran a encontrarse, esta vez por obra y gracia de «los papeles de Edgard Koch».

Después de todo, igual no quería creer que había tirado su dinero a la basura. Estaba harta de tocar puertas de oficinas opacas, sedes bancarias y despachos de ejecutivos mal encarados, eso solo le había conducido al desaliento. Los datos proporcionados por el okupa maloliente —contando con que fueran ciertos—, le habían dado un punto por el que empezar. Pasó la nochebuena y el día de navidad con su madre y con Fiona y el día veintiséis cogió un vuelo con dirección a su ciudad adoptiva. Voló abrazando el anhelo íntimo del premio nacional de periodismo o al menos el «Salvador de Madariaga».

2
De madrugada...

El temporal había amainado hacía unos diez minutos, un escenario del crimen así, es lo que más detesta un poli. Cabe decir que las condiciones de trabajo en noches como ésta son odiosas y que con la lluvia —si no se actúa con celeridad— se pueden estropear o directamente perderse pruebas que al final pueden resultar cruciales para la resolución de los casos. —Las manchas de sangre, por ejemplo—. La tormenta había descargado, furiosa, una considerable manta de agua sobre la ciudad durante las últimas dos horas. Ahora parece que poco a poco por fin amainaba.

Un BMW comprado en una subasta de decomisos de la Ertzaintza aparcó en medio de la acera —como suelen hacer los polis—. Ioar Yoel en el asiento del conductor se desabrochó el cinturón y miró a Goyo —que es como conoce a su compañero— que sale por la puerta del copiloto. Son las cinco menos cuarto de la mañana.

Sin tan siquiera tener que enseñar sus placas atraviesan el precinto policial. Aquí todo el mundo conoce a Goyo Lomoviejo, el detective gay, y a Ioar Yoel, aquel que se volvió de Barcelona después de denunciar a Asuntos Internos a varios compañeros. Yoel era un traidor para unos y un policía íntegro para otros.

17

La calle estaba llena de mirones, y eso que no eran horas, había llovido copiosamente toda la tarde y parte de la noche. Morbo y cotilleo son dos ingredientes que mueven montañas.

El escenario del crimen era un callejón de apenas cuarenta metros cuadrados, solamente iluminado por los equipos de alumbrado artificial que la policía había desplazado hasta allí. Al fondo, elevado sobre el terreno a una altura de unos dos metros y medio, había un parking público al aire libre construido en lo que antiguamente eran las vías del tren.

Había dos lonjas: una con un rótulo ya bastante viejo que anunciaba ser el almacén de un electricista —«García-Muro instalaciones de baja tensión»— y una segunda más hacia la tapia del fondo, que no mostraba ningún distintivo. Ioar anotó en su libreta que debía de comprobar la identidad de los dueños de ambos locales por si habrían podido ver algo.

Ioar Yoel se encontró de pronto en el centro de la escena quizás pensando en que nunca —ni antes en Barcelona, ni ahora en Bilbao— había tenido un caso tan cerca de la comisaría en la que trabajaba. Apenas doscientos metros de la central de Ibarrekolanda, a la que estaba adscrito desde hacía un par de años en la sección de homicidios.

O tal vez pensaba que Deusto no era precisamente la zona más conflictiva de la ciudad. Muy al contrario allí residen principalmente familias de clase media. El barrio posee una gran actividad comercial y la mundialmente famosa universidad, en la que han estudiado tantas insignes personalidades de todos los campos del saber. El índice de criminalidad en esta parte de la villa se circunscribe casi por completo a peleas, en principalmente dos discotecas donde el tráfico y consumo de drogas se suele mezclar a demanda al amanecer con andrógenos y acero afilado.

Lo primero que allí observó fue el cadáver de una mujer que yacía sobre el asfalto en posición fetal y que tenía el rostro completamente teñido de sangre, ésta le fluía hasta fundirse con el agua de un charco en el que reposaba su cabeza. El cadáver estaba empapado en agua. Alzó la mirada hasta que ésta se encontró con la de Marina Nido, la forense. Conocida en la comisaría con su beneplácito como Rebeca, por un sutil parecido con Joan Fontaine, parecido que algunos no eran capaces de ver. Le quedaban solo dos años para jubilarse y ya se había comprado una casita en Mahón. «Solo necesito eso y un negro que me abanique»; solía decir con su sentido del humor siempre políticamente incorrecto. Ahora sus pensamientos no estaban en las islas Baleares ni mucho menos.

—¡Hola chicos, buenas noches! —dijo, haciendo un gesto de bostezar y tapándose la boca con la mano para hacer notar que la acababan de sacar de la cama.

—¡Hola nena!, ¿otra vez en la brecha, no? —saludó Ioar utilizando esa familiaridad tan falsa que usan los polis entre sí.

—Pues sí hijo —respondió con ironía la forense. ¡Ya tengo ganas de perderos de vista! —Se rió.

Después del chiste, les informó de que el cadáver tenía un disparo mortal en la cara, cuyo orificio de entrada se situaba justo sobre la glabela y agujero de salida por el hueso occipital.

—A juzgar por la trayectoria y la posición en que ha quedado tendida, a esta pobre mujer parece claro que le dispararon estando arrodillada. Atendiendo al anillo de fish y ahumamiento producido alrededor del orificio de entrada, diríamos que el arma homicida fue disparada a quemarropa. Dichas aberturas no son muy grandes, un veintidós diría yo.

«Si Rebeca decía que era un veintidós, sería un veintidós con toda probabilidad», parecía querer decir Goyo con su media sonrisa. Y era verdad; la forense Nido no tenía por costumbre equivocarse. Marina había hurgado en el interior de tantos cuerpos en busca de pruebas a lo largo de su carrera, que en comisaría existía la leyenda de que Marina Nido era capaz de hacer una autopsia con los ojos cerrados.

—¿Y la hora de la muerte? —cuestionó Ioar.

—En estas condiciones —gesticuló con la mano derecha queriendo hacer notar el ambiente frío y lluvioso— no puedo calcularlo con precisión. Yo diría que hace al menos dos horas, cuando tenga el cuerpo en mi «oficina» lo podré determinar con mayor precisión. ——Rebeca siempre hacía gracias sobre su laboratorio y la morgue, como por ejemplo llamarles su «oficina».

Marina estaba agachada en cuclillas a la izquierda de la cabeza de la víctima; al otro lado, junto a las plantas de los pies y dando la espalda al cadáver, se hallaba el comisario Benavente. Se volvió hacia ellos e hizo una mueca a modo de saludo; se retiró un poco como para hacer un aparte y llamó con el dedo a los detectives. Ioar le hizo una señal de despedida a Rebeca y ella le guiñó el ojo. Volvía a llover mientras las primeras luces del día que nacía comenzaban a asomarse entre los edificios de la villa. Eran recibidas con un fuerte olor a sangre que manaba del húmedo asfalto.

Ioar observó que el comisario tenía una bolsa de recogida de evidencias con una cartera dentro y cara de pocos amigos. La mandíbula del jefe de la comisaría esta noche estaba más apretada que de costumbre y su mirada era oscura. Esa madrugada el ambiente era espeso. Todos los que allí estaban de una u otra manera relacionados con la investigación habían sido arrancados con violencia de sus camas, además estaban las condiciones climatológicas...

—Anna Young, periodista.

—¿Qué? —oír ese nombre sacudió violentamente a Ioar en todo su ser, ¡no podía ser verdad! Su estómago se convirtió sin pedir permiso en una centrifugadora. Una montaña rusa que sube y baja; que baja y sube. Hizo un amago de vomitar y el corazón se le disparó hasta las doscientas pulsaciones, sintió cómo le flaqueaban las piernas. Una sensación de mareo le hizo tambalearse.

—¿Qué ocurre Ioar? —preguntan al unísono Goyo y el comisario Benavente.

—Yo… yo conozco a esta mujer… Suelo coincidir con ella en la biblioteca municipal… ¡Qué fuerte! —Era verdad. De un tiempo a esta parte el detective Yoel se encontraba bastante solo, había tenido algún ligue esporádico, pero tenía su vida hecha en Barcelona.

—Para no volver a caer en la bebida —explicó Yoel—, me he aficionado a la lectura. Con la intención de no quedarme apalancado en casa había tomado la decisión de ir a la biblioteca de Bidebarrieta y en vez de alquilar los libros, los utilizaba y los volvía a dejar; así me obligaba a tener que ir. Había conocido a Anna, ella usaba el nombre de Agatha como seudónimo en todos sus artículos. Era una persona a la que consideraba culta e interesante. Todas las tardes de los jueves, después de la sesión de lectura, tomábamos un café y charlábamos un poco de literatura. Ella prefería a Agatha Christie y a Conan Doyle. Yo soy más de Poe. Hoy mismo he estado en la biblioteca y no apareció. Esta misma tarde la había invitado a una firma de autógrafos de un escritor de novelas policíacas bastante mediocre pero que es un buen tipo.

Se hizo un silencio pesado alrededor del detective. Todo continuaba su ritmo pero él no escuchaba nada, solo miraba a Anna y no lo podía creer; estaba ahí… muerta. Su expresión se volvió taciturna. Una lágrima acudió a su mejilla.

—¿Estás bien Ioar? —preguntó el comisario Benavente, sacando a Yoel de la cúpula de dolor y muerte que se cernía, como una nube negra de invierno, sobre él de repente—. Si te afecta puedo liberarte del caso y si tú quieres puedes cogerte unas vacaciones...

—Estoy bien, jefe, esté usted tranquilo por mí, quiero coger a quien haya podido hacer daño a Anna.

—Pero tú sabes bien que tu implicación emocional podría comprometer la investigación, ¿verdad?

—Verdad comisario, aun así esté tranquilo.

—Y además está lo de...

—Está superado jefe.

—¿Seguro...?

—Seguro.

—Bien, entonces seguimos adelante, pero si en cualquier momento te ves sobrepasado, la oferta sigue en pie. —Hizo una pausa y continuó—. Te prometo que este caso tendrá prioridad para el cuerpo, ella era tu amiga y nosotros somos tus compañeros. —Yoel pensaba que el jefe era un poco capullo a veces, pero siempre sabía escoger las palabras con las que motivar al personal que tenía bajo su mando.

—En la pared, en aquel punto —señaló un sector de la fachada que quedaba dentro del perímetro acordonado—, hay unas manchas de sangre. Con un poco de suerte podemos obtener alguna huella o restos de ADN, a ver si conseguimos una vía de investigación. De momento, intentad descubrir todo lo que podáis de esta pobre mujer, sus cuentas, su trabajo, su casa; bueno, lo de siempre, ya sabéis. ¡Ah!, y hablad con los vecinos, a ver si alguien vio u oyó algo.

Salieron de allí picando rueda con el BMW. El detective Yoel dejó a Goyo de camino, en el apartamento de David, el joven muchacho habanero de grandes músculos de color café con leche; corto de leche, que trabaja como camarero del Yandiola en la terraza de La Alhóndiga. Goyo y David estaban haciendo «una prueba de convivencia» —¡me ahorro el comentario!— desde hace apenas tres semanas. De momento, todo iba como la seda.

Ioar estaba bajo el chorro de la ducha tan solo veinte minutos después de que sus ojos comprobaran que era Anna Young quien nadaba en un charco de sangre con un balazo en la cabeza. Su cabeza —la de Ioar—, intentaba procesar de la forma más ordenada y racional todo lo que había ocurrido, desde que llegó a aquel oscuro callejón de la avenida de Ramón

22

y Cajal. Pensaba en ella y en los momentos compartidos, en cómo se había hecho un hueco en su vida; sin planificación previa, tal y como surgió. ¿Por qué la habrían matado?, tendría que estar metida en algo. Con estas cuestiones cruzándole el pensamiento comienza a secarse. La idea de tomar un trago le asalta voraz.

—¡No, eso sí que no! —se dice a sí mismo sin demasiada convicción—.

Hace unos meses habría corrido al mueble bar a por la botella de JB, pero ahora no... Bueno; ahora no tiene alcohol en casa. Tomó un café, se puso ropa limpia: una camiseta, vaqueros y unos náuticos. Salió del piso que tenía alquilado en la calle Iruña, en aquel Deusto que le vio crecer.

Se abre la puerta del ascensor de la comisaría en la cuarta planta, al fondo el reloj con el anagrama de la Ertzaintza marca las nueve y media —va con cinco minutos de retraso—. Todos los componentes del grupo de trabajo del que Ioar es el responsable están ya en su mesa: Goyo Lomoviejo, y las detectives Castillo y Pedraza. Saluda con un simple «buenos días» y se dirige a la pizarra. La deja a su espalda.

—A ver familia, ¿qué tenemos? —pregunta mientras quita el tapón a un rotulador de color rojo intentando disimular que está jodido y que no le apetece nada que empiecen a compadecerlo.

—Tenemos a la periodista que al parecer ha sido ajusticiada con un disparo en la frente —apunta Sara Castillo mientras pincha una foto del cadáver de Agatha Miller en la pizarra. Sara es una joven y brillante detective. Una apuesta personal del comisario Benavente que le había confiado a Ioar como el diamante en bruto que era, para que éste lo puliera. Esta muestra de confianza había supuesto un espaldarazo muy importante para la siempre maltrecha autoestima de Ioar.

Pero ahora Ioar sentía una plomiza nube de tristeza que se había posado sobre él, esta misma noche, en aquel maldito callejón dejándolo todo frío y en tinieblas. Trataba con todas sus fuerzas de mantenerse lúcido pero los malos pensamientos le asaltaban con insistencia. Sentía que había perdido una gran oportunidad, y esta vez no se podía echar la culpa a sí mismo. Realmente no sabía a quién podía echarle la culpa.

—También tenemos los casquillos —informa Lola posando sus melancólicos ojos grises sobre el detective Yoel; su expresión denota una mezcla de pena y compasión. Lo observa un segundo con gesto maternal y continúa—. Uno de ellos correspondía a la bala que provocó la muerte de Anna Young, si la forense no se equivoca es del veintidós. En el escenario hay otros doce más del nueve, doce cartuchos pero solo diez balas...

Lola Pedraza, al contrario que Sara, es la más veterana del grupo, una detective curtida en mil batallas y que ejercía el papel de hermana mayor en aquel grupo de policías. Ahora que Goyo se había largado del piso que compartía con el detective Yoel para poner a prueba su «relación» anti natura, ésta le había propuesto a Ioar compartir los gastos del alquiler. Se lo había ofrecido hacía un par de semanas, pero después de aquella noche de sexo salvaje, la verdad es que le producía bastante vértigo. Anna también había tenido algo que ver.

—Además están las manchas de sangre en la pared.

Es ahora Ioar quien toma la iniciativa haciendo un esfuerzo para sobreponerse al dolor y apuntando en la pizarra un resumen de lo que tienen hasta el momento. Necesitaba salir a la calle, acción, hacer algo. Hizo una mueca de dolor y se agarró la frente, un fuerte suspiro se escapó con fuerza de la caverna en que se había transformado su alma.

—Bien, ¡vamos a repartirnos el trabajo! —dijo con la palma de su mano derecha todavía sobre su sudorosa frente—. Vosotras investigad a la víctima, id a su trabajo; a ver si saben en qué andaba trabajando, id a su casa, mirad su ordenador. ¡Bueno, no tengo que deciros cómo hacer vuestro trabajo! Goyo y yo nos vamos a la morgue, Rebeca estará con la autopsia.

— ¡No tan rápido! —era la voz del comisario resonando a lo largo y ancho de la oficina diáfana, se acercó a ellos haciendo aspavientos—. No tan rápido, tenemos dos cosas nuevas. Primero: hemos encontrado una de las balas que nos faltaban. Estaba incrustada en el muslo de un indigente que se retorcía de dolor en el hospital general. Le están atendiendo y en unas horas podremos interrogarle. Por otro lado, ¿a que no sabéis quién era el novio de la víctima? —soltó con muy poco tacto—. ¡Pues nada más y nada menos que Julen Goikoetxea!

—¿El futbolista? —preguntó el detective Lomoviejo, que era un forofo de los que cada quince días están religiosamente en su localidad de San Mamés y a los que no se les puede ni toser en un par de días como su equipo del alma haya perdido el domingo. Ioar lo había sufrido en sus propias carnes durante los dos años que habían compartido piso.

—El mismo —respondió el comisario—, el que metió el gol que le dio el último título a «los leones de San Mamés», ahora hace ya tanto tiempo... Una agente ha estado esta mañana con él. Está desolado, le ha contado que mantenía —en este punto alzó la vista y la fijó en Ioar—, una relación no demasiado formal con Anna Young. También ha dicho que en un par de días estará listo para declarar.

Ioar se estremeció. Le flaquearon las piernas y se volvió a llevar la mano a la frente. Se sentó en una silla y pensó en el hecho de que Anna tuviera una relación. ¡Y encima con un famoso! Se sintió tonto, él siempre había albergado la secreta esperanza de que tras aquella «inocua» amistad surgiera «algo más». El comisario miró fijamente a Ioar, dibujó una leve sonrisa en su rostro, posó su mano sobre el hombro del detective y apretándolo levemente susurró:

—Ánimo.

Veinte minutos más tarde...

—Si quieres entro yo solo...

—Gracias Goyo, pero quiero hacerlo.

—Va a ser duro compañero.

—Lo sé, pero aun así quiero hacerlo.

A Ioar nunca le ha gustado el olor a asepsia de la sala de autopsias, no se había podido acostumbrar, en todos los años de profesión, aún a los cadáveres aseados, desnudos, serenos sobre la mesa forense. Y eso que en estos años había visto cientos de muertos, cubiertos de sangre, mutilados, pero verlos allí era distinto. También ayudaba a esta impresión que la doctora Nido «operaba» escuchando a Wagner, y mirar la pálida quietud de un cadáver, mientras está sonando la «Cabalgata de las valquirias», genera un ambiente propicio a cualquier cosa alejada del pensamiento sano. Una experiencia tétrica. Para Ioar esta vez era aún peor. Cuando Rebeca repara en la presencia de los detectives apagó la música y dedicó una cariñosa y triste mirada al joven, que le sacude las glándulas lagrimales. El detective traga saliva y da las buenas tardes.

—Agatha murió sobre las dos de la mañana —comenzó a explicar Rebeca sin más preámbulos—. He encontrado restos de Pentotal sódico, un derivado del ácido barbitúrico. Es un compuesto que tiene varios usos dependiendo de la dosis y otros elementos con que se combine. Desde la inyección letal a los reos condenados a muerte en los Estados Unidos, hasta el conocido como suero de la verdad. Yo me inclino por pensar que quien se lo inyectó —Rebeca señaló con el dedo una marca de una aguja en el costado de la víctima—, buscaba el segundo efecto. El rastro de esta droga desaparece en pocos minutos por lo que creo que los asesinos tuvieron poca paciencia, después de muerta no lo metabolizó y estaba ahí esperándonos.

—Veo que también tiene marcas en las muñecas —apuntó Lomoviejo poniendo cara de listillo.

—Efectivamente, la tuvieron maniatada y también la golpearon. Tiene la espalda llena de hematomas, de hace al menos una semana, tal vez de dos palizas distintas. Por otro lado me inclino a pensar que las de las muñecas son de por lo menos doce horas antes de la muerte. Hechos ambos por los cuales pienso que estuvo secuestrada al menos varios días, tal vez una semana.

Sonó el teléfono de Goyo, lo sacó de un bolsillo de su americana y lo miró.

—Es el jefe —dijo, y se ausentóa de la sala de autopsias.

—¿Qué tal estás? —preguntó la forense.

—Bien, bien...

—Me han dicho que era tu... amiga.

—Bueno, la conocía de la biblioteca de Bidebarrieta. Nos veíamos todas las semanas.

—El comisario me ha dicho que te ha ofrecido vacaciones. Si quieres ir a Mahón te dejo las llaves de la casa.

—Gracias Marina, lo tomo en cuenta, pero ahora quiero resolver esto, pillar al hijo puta que le ha hecho esto a Anna.

—El testigo que tenía la nueve milímetros alojada en el muslo ha perdido mucha sangre ya que se desplomó en un callejón justo frente a la puerta trasera de un restaurante de cocina nórdica. Un friegaplatos se lo encontró cuando fue a sacar la basura y llamó a una ambulancia. —Era Lomoviejo que traía las noticias que le había transmitido el comisario Benavente por el teléfono.

Aunque Ioar era el detective al mando del grupo, el comisario hacía las llamadas telefónicas a Goyo. Era una especie de reconocimiento a los muchos años que llevaban trabajando juntos. Entre ellos había una complicidad especial. Benavente era quién más le apoyó cuando Lomoviejo decidió salir del armario.

—El doctor a cargo del vagabundo herido se ha negado a dejarnos que lo interroguemos. La pérdida de sangre y su

27

estado general de salud —agravado por su mala alimentación— desaconsejan de momento tal extremo. El comisario podía pedir una orden judicial pero ha pensado que entre lo que tardaría el trámite y lo agresivo de la medida, merecía más la pena esperar.

—Iremos a ver ese callejón, quizá encontremos algo que se nos haya pasado. Pero eso lo haremos mañana, hoy toca ya descansar. Son las ocho de la tarde y yo estoy francamente jodido, muy cansado. Ha sido un día muy duro. —Zanjó Ioar.

—Es una buena idea, yo también estoy cansado. ¿Qué vas a hacer Ioar?, ¿necesitas alguien con quien hablar? Puedo quedarme si quieres en tu casa. ¡Eh, que no quiero nada contigo! —bromeó—. Ioar le dedicó una media sonrisa.

—No gracias, me voy a casa, quiero estar solo. Te lo agradezco de verdad. Pero no. No se fue a casa. Necesitaba un trago y lo necesitaba de verdad; con toda su alma...

3

Bilbao, 26 de diciembre de 2014

A lo lejos, en la sala de espera del aeropuerto de Loiu, Anna podía divisar a Julen que había venido a recibirla. Se dibujó en su cara una amplia sonrisa, pensando en que hoy sería un día maravilloso; comida de lujo y polvo. Entonces su sonrisa empezó a menguar, al darse cuenta de que como siempre al final Julen desaparecería y no sabría más de él, hasta que no tuviera con quién satisfacer sus «necesidades».

—Hola cariño —saludó Julen al tiempo que la besaba en los labios.

—Hola Julen, ¿me has echado de menos?

Julen la abrazó y Anna percibió el olor de una colonia que no era la que él usaba.

— ¿Qué tal en Londres?, ¿qué tal tu madre?, ¿y Fiona?

—Todo bien, creo que tengo una información que me va a proporcionar el artículo de mi vida. ¡Me ha costado mil euros!

—¡Tiene que ser buena!

—De momento no puedo contarte nada.

La confianza que Anna sentía por Julen se había resentido mucho con el paso del tiempo, desde aquel lejano primer encuentro en que ella le hizo una entrevista tras la entrega de un premio de la UEFA.

Julen dejó a la periodista en su casa y marchó al entrenamiento matutino al frente del equipo juvenil del club bilbaíno. Cuando Goikoetxea dejó la práctica profesional del futbol, sacó el carnet de entrenador nacional y desde entonces se dedicaba a dicha profesión. Anna por su parte quería poner en orden toda la información que se había traído de la capital del Reino Unido y ordenar el famélico sobre «facilitado» por el perroflauta. Pensó que podían haberla engañado y que en cualquier caso solo tenía una dirección en la que apuntar sus pasos y esa era Joshua Ben Joseph. Deshizo las maletas, puso la lavadora, hizo unos macarrones para comer con una ensalada y se pegó una ducha. Salió a dar un paseo. Hacía una bonita mañana de invierno. «No sé cuánto nos respetará la lluvia» —pensó.

La avenida de las Universidades y el Campo Volantín son dos calzadas que se suman la una a la otra, formando un bello paseo a la orilla de la ría y que une Deusto con el ayuntamiento. En la otra orilla, el paseo de Abandoibarra con el museo Guggenheim brillando con luz propia, cuyo influjo ha sido, es y será la bandera de la transformación de la villa. La acera derecha del Campo Volantín —porque es como conocen al paseo en su conjunto los bilbaínos— está plagada de bellos edificios construidos por las familias adineradas de la capital principalmente durante el siglo XX.

En uno de ellos vivía Anna; era un apartamento de alquiler con dos habitaciones, cocina americana y baño, con una pequeña terracita con vistas al museo. Compartía los gastos y el espacio con una estudiante estadounidense de madre asturiana y padre japonés. Y claro, de tales ancestros, su nombre: Luar Takese. Una jovencita brillante que se estaba comiendo de calle una ingeniería industrial en la casi contigua universidad de Deusto y que como le había sabido a poco, la había complementado con una segunda, ésta en informática. Aficionada a la esgrima y al chill out, le hacía la compañía que Julen no quería hacerle en el día a día.

La primera vista que una tiene cuando sale del portal en el que vivía Agatha Miller es el museo con su manto de titanio al otro lado de la ría y «Mamá», el gigante de bronce, acero inoxidable y mármol realizado por la escultora Louis Bourgeois y que representa una gigante araña, madre y depredadora a la vez. Tomó el camino hacia la izquierda, dirección al ayuntamiento, deleitándose de pasear bajo el frondoso arbolado en una gris mañana de esas que amaga lluvia y no acaba de llover. Llegó al casco viejo, se dedicó a callejear y hacer algunas compras. Regresó del paseo con las ideas más claras y dos bolsas llenas de manzanas, tomates, unas galletas para el desayuno y el vicio de Luar: natillas de chocolate.

Con respecto a los pasos a dar había decidido que iría al grano. Concertaría una reunión con el señor Ben Joseph con la excusa de hacerle una entrevista. Prepararía un par de preguntas con trampa con las que intentar tirarle de la lengua. Cogió el teléfono y marcó el número que encontró en la página web de la «asociación», al otro lado una dulce voz contestó:

—«Nuevo Edén» sociedad filosófica y espiritual, dígame

—era la secretaria de la «asociación», una joven con la que Anna posteriormente tendría un acercamiento mayor, pero cada cosa a su tiempo.

La cita se concertó para dos días más tarde, el sábado después de la reunión del templo. «Bien, así esta tarde podré ir a Bidebarrieta y mañana descansar» —se dijo a sí misma.

Un día por semana acudía puntualmente a su cita con la Biblioteca; era como un ritual que le alimentaba el alma. La biblioteca de Bidebarrieta es uno de esos lugares donde uno parece retornar a otro tiempo, el suelo de madera, por el que hay que desplazarse con suavidad, casi levitando para que no cruja; sus pupitres, como de sufrido contable empleado de míster Scrooge en *Cuento de navidad*, y las lámparas, esas grandes lámparas de araña repletas de lágrimas que dan al lugar una mágica luz que invita a zambullirse en las más homéricas odiseas o a perderse en la Barcelona de entre las exposiciones universales. Un lugar en el que Anna había compartido sus ratos de evasión con el mismísimo Hércules Poirot o el detective Pepe Carvallo. Aquí, Agatha pasó grandes momentos en compañía de sus queridos personajes de ficción, que le hacían creer ingenuamente que en el mundo había un sentido de la justicia y que no todo estaba perdido. Era un auténtico refugio espiritual, porque aunque como es normal en una persona que ama la literatura como era Agatha, podía disfrutar de ella en casi todos los espacios imaginables, este lugar era un paraíso enclavado en pleno casco viejo de Bilbao, una isla del tesoro en la que ya desde el momento en que los ojos se regalan con la impresionante puerta de entrada, coronada por un bello rosetón, el alma de uno se predispone a sumergirse en un mundo fantástico, evocador, puro... Y aquella fantástica escalera con sus gigantescos pasamanos, recordando escenas de Sisí emperatriz, música de vals, trajes de soldados y vestidos de fiesta; el mayordomo anunciando la llegada de los invitados golpeando con un bastón el suelo.

Ella siempre fue una amante de los espejos y sin duda alguna uno de sus preferidos estaba —y está aún hoy— en este lugar. Ya ajado por el paso de los años, nos devuelve nuestra propia imagen en el instante anterior a acceder a la auténtica joya de la corona: la sala de lectura con sus altos techos, sus lámparas, lagrimeando historias de asesinatos y conspiraciones de amor y desamor. Aquí, en este lugar que un día fue el palacio de las libertades, sede de la sociedad «El Sitio» como vanguardia de la defensa del liberalismo político en el Bilbao de finales del siglo XIX y principios del XX... Aquí se desvanece la existencia para vivir mil vidas y ser eterno.

Para Agatha eran momentos regalados a una vida que ella misma había entregado a escribir sobre corrupciones, prostitución, robos y otras lindezas surgidas de las más oscuras ambiciones del género humano. Su elección en esta vida fue desenmascarar tramas delictivas y contárselo a la opinión pública. Eso le obligaba a sumergirse en mierda hasta el cuello o algunas veces hasta algo más arriba. Esta última vez la mierda le ahogó definitivamente...

En los últimos tiempos, para hacer más especial este rincón, había encontrado aquí un alma gemela. Un joven policía que también huía de su trabajo, entre los grandes de la literatura. La primera vez que lo vio fue de pasada en la escalera que baja a la puerta de salida. Ella entraba y él salía; sus miradas coincidieron un solo segundo, pero un segundo de esos que te dan para reconocer en alguien un brillo especial, la magia que hay en su interior, pensar que no es como el resto del mundo. Se vieron otras veces en la sala de lectura y empezaron a saludarse. Anna tenía la costumbre de tomar un café en una degustación en la calle Ribera, cerca de la biblioteca, antes de ir a casa y un día entró él.

—No le cobre el café a la señorita —le dijo al camarero—. Buenas, mi nombre es Ioar. ¿Qué tal? —le tendió la mano y tras estrechársela, buscó en la cartera y le entregó una tarjeta de visita.

—Hola —dijo Agatha visiblemente ruborizada—, encantada soy Anna, Anna Young.

Pidió un café; solo, corto y sin azúcar.

—Qué casualidad tal y como me gusta a mí —le confesó.

—¡Qué coincidencia! —dijo él.

Comenzaron a charlar. Yoel se fijó en que Agatha había cogido *El estudio en escarlata* de sir Arthur Conan Doyle. Hablaron sobre dicho libro y otras cosas y así palabra a palabra, frase a frase, fueron descubriendo las muchas cosas en común que tenían. Los gustos, las aficiones y la soledad... Sí, la soledad porque a Agatha Julen le gustaba mucho y le quería, pero él no quería dar un paso adelante y eso a ella le creaba inseguridad, una inseguridad que poco a poco estaba minando sus sentimientos. En cambio Ioar era aire fresco, no tenía pareja y parecía buscar compromiso, pero era bastante más joven que ella...; un día fue él quien tomó la iniciativa.

Aquella tarde también estuvo allí y pasó un par de horas —o quizá algo más— enfrascada en una historia que retrataba la codicia del ser humano. Una historia escrita por Bruno Traben; *El tesoro de Sierra Madre,* se titulaba. De vez en cuando levantaba la mirada como una colegiala y sus ojos buscaban furtivos a Ioar, que estaba sentado al fondo de la sala.

—Después de navidad hay una presentación del libro de un amigo mío, se llama Marko, Marko Muñoz. ¿Te gustaría quedar para ir? ¡Te prometo que te consigo un ejemplar firmado!

Ella dudó al principio —por Julen más que nada—, pero luego se dijo: «¡Qué carajo, solo se vive una vez!». Y así quedaron en hablar de ello más adelante ya que aún quedaban quince días.

—Entonces quedamos en eso. ¿Vale? ¡Ah! Después de reyes porque del dos al ocho estoy en Madrid, voy a hacer un curso sobre el nuevo software que nos están poniendo en la comisaría. Así que no nos veremos.

—¡Bien, el día nueve es mi cumpleaños! Yo voy a pasar el fin de año en Londres con mi madre y mi hermana, quizá venga también la tía Liz, la hermana de mi padre.

—Nos vemos a la vuelta y hablamos —dijo Ioar mientras le guiñaba el ojo cómplice. Ella le dio un beso en la mejilla.

Acabó el día en una nube, como una adolescente enamorada. Parecía que por fin iba a tener suerte en este campo...

4
Bilbao, 11 de enero de 2015

Ioar se despertó sobre la cama, ni siquiera se había metido dentro. Cayó como un plomo cuando llegó. Tenía los vaqueros, un zapato aún puesto y un dolor de cabeza de los que hacía bastante tiempo que no sentía.

—¡Dios, qué gilipollas puedo llegar a ser! —uno se acuerda de Dios cuando le interesa, pero tenía razones para ello; con todos los problemas que le había acarreado el alcohol en su vida personal y profesional y el trabajo que había hecho para mantenerse alejado de él, caer sin remisión era una dolorosa derrota y más cuando hasta su propio jefe le había ofrecido ayuda. —Un vago aroma a whisky escocés inundaba su seca y pastosa boca, sus músculos se movían lenta y torpemente, cuando hizo el gesto para consultar el reloj de su teléfono móvil.

—¡Hostias, si son las once y media! ¡Seis llamadas perdidas! ¡Soy idiota! —Ioar se incorporó a duras penas. Le dolía hasta el último cartílago, tenía el teléfono en modo silencio. Ayer todo se lió demasiado. Llegó al «Trampas» sobre las nueve de la noche. Estaba la misma gente de siempre. A la que hacía ya meses que no veía. Gari, en la barra.

—Hombre Ioar, ¡cuánto tiempo sin verte!

Aunque Gari sabe perfectamente que no le conviene, le puso todo el whisky que Yoel le pidió sin hacer un reproche. Si bien, ya a última hora fue él quien le dijo que no bebiera más y lo metió en un taxi. Cuando quería cerrar... Estaba Sam al piano, siempre acompañado por su fiel copa de ginebra, repasando juntos canciones que eran el alma de este local. Toni solo, sentado en su mesa, observándolo todo. Estuvo un rato escuchando sus historias sobre la marcha verde, en la que dice participó, y habló también —la verdad es que era parte de su discurso «oficial»— de los buenos tiempos de «La Palanca», cuando las putas le decían: «¡Cómo ganas en pelotas, flaco! Luego se fue a la barra, a beber solo...

Y ahora tenía que dar la cara, como ya lo había hecho en otras ocasiones. ¿Cómo reaccionaría el jefe? Se miraba con cara de gilipollas en el espejo que había sobre el chifonier, tenía unas ojeras como pozos. En el fondo de ellas se escucha el eco de su autoestima.

En un rincón, junto a una pata de la cama, está su cartera, al recogerla cae de ella una tarjeta de visita: «Julen Martínez, Psicólogo», y una foto de Lucía —la hermana de Ioar, que partió a Barcelona, huyendo de su pasado, detrás de su hermano pequeño. Reconstruyó su vida y fijó su residencia a orillas del Mediterráneo. Hoy es jefa de la comisaría de la Policía Nacional del Paseig de Sant Joan y su única preocupación sigue siendo su hermano pequeño; al que telefoneaba todas las noches. Hasta hace dos semanas que tuvieron aquella discusión—. «Mi dulce cenicienta» suspira, sintiendo una vez más el vapor etílico de la noche anterior. Suena el teléfono.

Ha pasado algo más de una hora desde que Ioar despertara resacoso y medio vestido en la cama de su habitación. Atrás quedaba ya la ducha, el café negro oscuro y el esquivar miradas en el metro. Ahora se encontraba en el centro de la oficina diáfana y se sentía como suspendido en una inmensidad. Como un planeta enano, sin luz propia y deshabitado en el centro del universo. Todo girando mareante alrededor. En la mesa, frente al ordenador está sentada Sara, que le mira con una expresión entre curiosa y condescendiente.

— ¿Qué pasa, tengo monos en la cara?

— No, no... Es que... bueno... que Goyo y Lola han ido al escenario del crimen a ver si se nos ha podido pasar algo. Y yo... bueno, me he quedado aquí con el ordenador de la señorita Young que nos lo han traído esta mañana, a ver si puedo encontrar algo que nos diga en qué podría estar trabajando.

El recuerdo repentino de Anna Young tiene un efecto explosivo en la bilis del detective Yoel; ésta sube hasta asomarse a su garganta, mezclándose su sabor con el aroma a whisky que la pasta de dientes y el colutorio bucal no han podido disimular.

—El encriptado que Anna usó para sus archivos era bastante rudimentario. Me ha resultado relativamente sencillo descifrar el algoritmo y acceder a toda la información almacenada en el PC.

— ¿Y qué has hallado? ¿En qué andaba últimamente?

—Eso es lo raro. No hay ningún archivo que haya sido modificado hace por lo menos veinte días. Nada de nada.

—Es como si hubiera empezado a usar un ordenador nuevo...

—O que haya usado un soporte distinto para almacenar lo referente a éste, su último artículo.

La falta de tacto de Sara le produce un pinchazo agudo en el corazón. Ella que se da cuenta tarde le mira con los ojos entornados. Por detrás de Ioar se acerca el jefe que saluda con un tono que al detective le suena irónico a más no poder.

—Hola Ioar. Buenos días. Pasa por mi despacho un momento, por favor.

Ioar se siente como un cordero que va al matadero cuando cierra tras de sí la puerta de la oficina del comisario Benavente.

«No me queda otra que aguantar el chaparrón» —debe de pensar—. El jefe está ahí tras su mesa, de pie y dándole la espalda mientras observa un gran plano de Bilbao.

—Hola Ioar, ¿cómo te encuentras?

—Mal, no sé qué decir, me he quedado dormido...

—Vamos Ioar, eso no tiene importancia, a todos nos pasa alguna vez, yo me refiero a ti. ¿Cómo estás?, ¿qué tal anoche? —se hizo un silencio.

Había entrado en aquel despacho preparado para un bombardeo y se encontró con la actitud paternal de parte de un superior. Por un lado le jodía un poco que le trataran así.

—Ioar, yo entiendo que estés mal por la muerte de una amiga, te reitero mi oferta para dejar el caso. También sé lo que piensas como poli. Yo soy poli y he pasado por tragos similares, pero si decides seguir adelante con el caso, yo lo respetaré. Pero tienes que comportarte con responsabilidad y dar lo mejor de ti, para coger al hijo de puta que ha matado a la señorita Young. Piénsatelo bien y si quieres tómate el resto del día libre. Mañana empezamos de nuevo.

Por la puerta ven entrar a Goyo y a Lola, paran en la mesa donde está sentada Sara hurgando en la intimidad del disco duro del Packard Bell de Anna Young. Los dos dirigen sus miradas a través del cristal del despacho del comisario y éstas se encuentran en algún lugar del espacio con la del detective, se detienen un segundo, todo está dicho.

—Quiero seguir —dijo Ioar sin demasiado control sobre sus palabras—, pero no estoy seguro de poder controlarlo...

—¡No puedas, hazlo, hostias! —gritó el comisario al tiempo que su rostro se tiznaba de un color que podríamos bautizar como «rojo ira». Luego, bajando el tono, continuó—. Me alegro mucho de que sigas; me alegro por todos, ten cuidado.

Ioar sale de la oficina del comisario con los pies ligeros y un cóctel de extrañas sensaciones. Dirige sus pasos hacia donde se encuentran sus compañeros; mira un segundo a los ojos de Lola y la abraza, Sara y Goyo miran la escena y sonríen.

—Bien, vayamos al caso —dice Goyo rompiendo un silencio que ya se estaba haciendo demasiado inmenso, en los escasos segundos que duró—. Lola y yo hemos estado en la escena del crimen, comprobando los dos locales; al electricista lo cogimos allí. Estaba quejándose porque no podía acceder a su herramienta, tras alguna gestión hemos conseguido que le hagan un permiso especial mientras esté acordonada la zona. Del dueño de la otra lonja no se han tenido noticias, así que nos hemos dirigido al catastro municipal y nos han confirmado que la propietaria es una empresa llamada »La Luz, S.L.»; parece que también le pertenece un piso en la primera planta, hemos vuelto allí pero tampoco había nadie.

—Habrá que investigar esa sociedad.

—Ya estamos en ello. Después de esto íbamos a visitar al friegaplatos que encontró al vagabundo desangrándose pero nos han dicho que estabas aquí y nos hemos venido. A la tarde iremos tú y yo.

—¡Nos vemos después de comer!

—Respecto a los archivos que Anna almacenaba en su ordenador —informó Sara—, he redactado una lista de las personas que podrían querer hacerle daño y la verdad, es bastante larga.

—¿Qué os parece si nos vemos en «El Quijote» a las tres y media para tomar un café y luego vosotras os ponéis con los posibles agresores y Goyo y yo nos vamos a entrevistar al friegaplatos?

A la tarde:

En aquel callejón olía a fritanga y humedad; una humedad que cala hasta el último rincón y hasta las mugrientas baldosas destilan peste a patio trasero. Ioar y Lomoviejo están en una estrecha callejuela, apenas a cien metros del escenario del crimen, está repleta de contenedores rebosantes de basura, más bien diría rebosados por la basura que se hacinaba a su alrededor.

—¿Estás seguro de que los del servicio de recogida de basuras conocen la existencia de esta «calle»? —comenta el detective Yoel torciendo el gesto aún más de lo que ya lo tenía.

— ¡Vamos Ioar, no seas quejica!

—Me aguantaré las ganas de vomitar —contestó el aún resacoso Ioar mientras pulsaba un grasiento timbre que había en la pared junto a una no menos grasienta puerta.

Lomoviejo, que miraba en la dirección opuesta a la puerta, pudo comprobar que aún había rastros de sangre en el suelo. Ioar tuvo que volver a pulsar varias veces más el timbre, dentro se oye un reconocible ruido de platos, cazuelas y cacharros, una cocina.

—Parece que tienen trabajo —decía Lomoviejo en el momento en que se abrió la puerta y un hombre que rondaría los cincuenta años se asomaba con cara de pocos amigos, su expresión dura y su ceño fruncido dicen algo así como: «¡No podrán venir a una hora que no tengamos trabajo!». Su ceño se frunce aún más si cabe cuando ve las placas de los detectives, pero se relaja al comprobar que lo que quieren es hablar con el chico que friega los platos. Vuelve sus pasos hacia dentro.

—Mi nombre es Domingo Piñeiro, jefe de cocina del restaurante «Ake paus». Síganme por favor.

Está todo perfectamente estructurado: cocina caliente, cocina fría...

—Esta es la zona de nuestra especialidad, la cocina escandinava. ¿Han probado alguna vez las cigalas flameadas a la noruega?, ¿o un exquisito reno con manzanas?, les sorprendería el delicioso amargor del choucroute.

Pasaron por delante del tajo de pastelería y el señor Piñeiro les hizo un gesto para que le siguieran por unas escaleras hacia arriba. Subieron dos pisos. En el primero, a través de una puerta se oía ruido de gente, más arriba entraron por una puerta a una habitación amplia y fría, solo decorada con azulejo de quince por quince, que estaba repleta de cámaras frigoríficas industriales. Al fondo, otra habitación más pequeña.

—Esa es la zona de fregado, los platos llegan aquí, procedentes de los tres comedores a través de un montacargas y por medio de otro se devuelven limpios a la cocina. Ahí está. ¡Moshe, estos señores son de la policía y quieren hablar de lo de la otra noche conti....!

Moshe soltó el plato que tenía entre las manos y este cayó con estrépito al suelo rompiéndose en mil pedazos. Soltó así mismo el trapo con el que lo estaba secando, dio un salto y comenzó a correr en dirección contraria a ellos.

—¡Hostias! —gritó Yoel echando mano a la pistola que tenía en el cinturón y comenzando la carrera—. ¡Para Moshe! ¡Mira que nadie quiere meterte en ningún lío! ¡ No somos de inmigración! ¡Solo queremos hacerte unas preguntas! ¡Para ya, hostias!

Pero Moshe no paraba, pasó por delante de los platos limpios apilados y una torre de ellos cayó a su paso haciéndose añicos y generando un gran estruendo. Salió de la cocina por una puerta y desapareció tras ella. Ioar le volvió a dar el alto mientras la puerta se balanceaba delante de sí; llegó a ella y entró en un pequeño office, justo al frente una ventana abierta y una escalera de incendios.

— ¡Mierda!, ¡maldito cabronazo!

Salió al exterior y nada más asomar la cabeza fuera de la ventana empieza el vértigo de siempre, ese que ha ocultado a todo el mundo —excepto a Lomoviejo, con el que estuvo en aquella persecución en la pasarela alta del puente colgante, donde Ioar vomitó desde sesenta metros, cayendo su almuerzo sobre una pobre turista japonesa—. Ese castigo divino que le acompañaba desde cuando niño, no podía encaramarse a las tapias de su barrio, cuando con sus amigos iban a hacer casetas en alguno de los numerosos solares que jalonaban el Deusto de su infancia. No recordaba de dónde ni de cuándo le venía aquel vértigo. Su madre le había dicho muchas veces que fue a partir de aquel golpe en la cabeza cuando tenía cinco años en los párvulos de Torremadariaga, cuando cayó de una altura de dos metros.

Ioar Yoel lo había ocultado siempre; sobre todo en el trabajo, hubo un tiempo en que se dejó ayudar por un profesional; un psicólogo quiero decir y probó también con alguno de esos curanderos «alternativos». Siempre que le tocaba una altura lo pasaba fatal y este día no iba a ser menos. Puso el pie, trémulo, en la escalera y un frío y febril sudor brotó de su frente, le temblaba hasta el tuétano y a todo esto, con resaca. «Me lo voy a pelear como siempre»— se dijo a sí mismo en voz alta, aunque Moshe estaría ya en Armenia por lo menos—. La frágil estructura de la escala de incendios temblaba inquieta.

—¡Quién habrá decidido que esto es una escalera de incendios! —gritó presa ya del pánico.

Bajó peldaño a peldaño, derrotado pero enfrentándose a sus propios fantasmas y admitiendo que Moshe se le había escapado. Al fin pone el pie en tierra firme.

—¿Qué tal el paseo? —era Lomoviejo que tenía a Moshe esposado contra la pared—. El señor Piñeiro me explicó que la escalera de incendios daba aquí y aquí le he esperado. Ioar le mira con rictus seco pero aliviado.

Un rato después…

A través del cristal de vigilancia de la sala de interrogatorios, Ioar, Goyo Lomoviejo y Sara Castillo, observaban cómo Moshe Abozaid no para de comerse las uñas. Su expresión podría definirse como «preocupada»; entre «cara de cagalera» y «pánico extremo». Un auténtico poema.

42

—Está nervioso —sentencia el detective Yoel que parece tener ya trazada la estrategia para el interrogatorio.

La puerta se abre y Lola Pedraza entra en la habitación contigua a la sala de interrogatorios. Trae buenas noticias.

—¡Hola familia! ¡Tenemos un pequeño genio en el departamento de informática! —los cuatro la miran con ojos curiosos y oídos abiertos—. Nuestro querido Gorka ha conseguido localizar el teléfono móvil de Anna. A Sara se le ocurrió que no había aparecido y que tal vez estuviera en su casa o mejor aún, en manos del asesino y que quizá a través del GPS lo podríamos localizar. Pues bien, parece que lo tenía a tope de batería cuando fue secuestrada —todos la miran con cara de extrañeza— y gracias a que tenía todavía un poquito, Gorka lo ha podido localizar en una cuneta a unos doscientos cincuenta metros más o menos del lugar del crimen. Estaba bastante golpeado. Al parecer fue arrojado desde un vehículo en marcha. Además, nuestro maestro informático ha podido recuperar la agenda de Anna que nos aporta numerosos datos nuevos. Por ejemplo, entrevistas que mantuvo con personajes tan dispares como sorprendentes.

—Hay que atribuirle también su mérito a la señorita Castillo —apunta el comisario que acaba de entrar también a la habitación.

—Cierto —reconoce Lola.

Sara se ruboriza.

—Bueno el caso es que —continúa la detective Pedraza con su relato—, Anna se vio con cuatro personas los días anteriores a morir. El día de los inocentes se entrevistó con el mandamás de una secta de chalados que propugnan que son la creencia espiritual verdadera. Ese mismo día, por la tarde, acudió a ver a un voluntario de un comedor social que hay en Atxuri.

El día veintinueve se vio en el parque de los patos con un tal Víctor de Diego y después, ¡sorpresa!, se fue a ver a Meritxell

Uría, entonces directora de Hacienda de la Diputación foral de Bizkaia y ahora comida de gusanos en el cementerio de Derio.

—¡La que apareció con un tiro y una pintada con su sangre en la pared! —gritó sorprendido Goyo...

—Efectivamente, apenas dos días antes de morir Meritxell se entrevistó con nuestra Anna.

—Y ahora las dos están muertas —apuntilla Lola.

—Pues aquí no acaba todo porque después del año nuevo, que al parecer pasó en Londres con su madre y su hermana, el día tres tiene apuntada en su agenda una cita con un padre salesiano en el pequeño pueblo guipuzcoano de Urnieta. Esta es la última cita que tiene anotada en su calendario. Bueno, esa no... Sara no pudo evitar mirar a Ioar con condescendencia. Él bajó los ojos y le dio la espalda abriendo la puerta de la sala de interrogatorios.

Se sentó en una silla frente a Moshe, le miró fijamente unos segundos, un par de minutos tal vez. Su intención era ponerle más nervioso aún. Al otro lado del cristal opaco el resto de policías pueden ver y oír todo lo que sucede dentro, a la contra no.

—Señor Abozaid, ¿tiene permiso de residencia en el país? Ioar había estudiado con detenimiento la ficha de Moshe Abozaid antes del interrogatorio, porque casi siempre hay por ahí alguna faltilla, un secreto que podría perjudicarle. Los policías suelen jugar con eso.

—Hace un año que vivo en esta ciudad, tengo todos mis papeles en regla, un contrato legal y pago mis impuestos. Soy pobre, pero honrado. —Se despachó con una altanería que cogió por sorpresa al detective.

—En tal caso ¿por qué salió a toda hostia cuando quisimos hablar con usted? —la cara del policía se había vuelto dura en sus facciones, si en algún momento hubo un rastro de complicidad con el detenido, esta desapareció por completo.

La subida de su tono de voz viene acompañada de un fuerte golpe sobre la mesa.

—Uhmm... —hizo una breve pausa y dijo con un característico acento del Magreb—. Me asusté, no sé, entendí que me acusaban de algo, pero yo soy el bueno, le salvé la vida a aquel hombre. ¿Sabe?

Eso era verdad, pero el detective Yoel parecía intuir que algo le ocultaba y ciertamente así lo parecía.

—No es lo que pensamos —se puso en pie, recogió su arma, que había puesto al principio del interrogatorio descargada sobre la mesa en señal de «buena voluntad», introdujo el cargador con sus quince balas en la pistola y a su vez colocó ésta en la cartuchera—. Te vamos a acusar formalmente de pegar un tiro al vagabundo y quizá del asesinato de Agatha Miller. ¡A ver si aguanta estos cargos tu permiso de residencia!

Se hizo de pronto el silencio. Moshe miró hacia el cristal opaco, le sudaban las manos. Mientras, Ioar Yoel hacía el paripé de repasar sus notas, dejando así pasar el tiempo. Miró su frente anegada de sudor, aunque Moshe tenía una actitud un tanto chulesca no parecía un delincuente. El tiempo sigue pasando...

—Está bien —dijo al fin, rendido con gesto de derrota—. Lo que ocurrió fue lo siguiente: Como ya conté el día que pasó todo, yo salí a sacar la basura. Mis compañeros pueden confirmarlo si quieren, vi a un hombre maloliente y peor vestido, tirado en el suelo y sangrando mucho. Había cogido el teléfono móvil para llamar a mi hermano, como hago todas las noches. Él trabaja en el restaurante «Itziar» en Indautxu. Llamé a una ambulancia, como haría cualquier buen ciudadano, ¿sabe? Pero vi una cartera, ¿cómo las llaman? ¿Mariconera?, la cogí y bueno, soy humano y llego muy justo a fin de mes. Tengo un hijo en Casablanca, mi mujer murió en un accidente de tráfico. Le envío dinero todos los meses, está en casa de nuestra hermana y mis tres sobrinos. Ella cuida de todos... Bueno yo pensé que a lo mejor, ¡maldita sea!... tenía algo de dinero en la dichosa cartera y... Total que solo había un par de jodidas revistas. Está todo en mi taquilla del restaurante. La llave está entre las cosas que me han quitado al entrar aquí. Supongo que necesito un abogado.

La cara del detective Yoel denotaba perplejidad, ¿qué serían aquellas revistas?, ¿tendrían algo que ver con el caso? Mientras Moshe Abozaid confesaba su hurto, Yoel había enviado por medio de la aplicación de mensajería instantánea de la policía autonómica, una petición para que mandaran a un agente a revisar la taquilla del friegaplatos.

—¡Está bien!, voy a creerte de momento. Si no hay denuncia por el robo de la cartera podrás irte, espero que entiendas que tu estancia en nuestro país pende de un hilo. — Le espetó mientras salía por la puerta. Él asintió con aparente susto y se quedó pensativo en la claustrofóbica soledad de aquella sala.

5

Bilbao, 28 de diciembre de 2014

De poco servían los paraguas a las nueve menos diez de la mañana, ya que una fina capa de agua, empujada por un viento norte, mojaba la cara de los viandantes; la cara y el resto del cuerpo. Anna atravesó la puerta giratoria del número seis de la Gran Vía de Don Diego López de Haro, maldiciendo aquel sirimiri traidor. Introdujo el paraguas en una máquina de las que te ponen una bolsa para que no pongas todo perdido, se miró el pantalón calado, maldijo otra vez aquella lluvia y observó alrededor. Era un amplio recibidor con suelos de mármol y una limpieza que rozaba lo aséptico. La luz fluorescente manaba de unos apliques rectangulares de color gris que colgaban del techo; concretamente nueve.

En el lado derecho, según entró la señorita Miller, había un pequeño mostrador y tras él una mujer joven, muy aparente; alta, de esas por las que se vuelven por la calle los babosos. Vestía una mezcla entre retro y moderno, muy colorido y demasiado recargado, tipo azafata del *Un, Dos, Tres...* No se puede decir que fuera ni mucho menos descortés con Agatha, pero tampoco le regaló ninguna sonrisa. Podía intuirse que no era muy bienvenida allí. Agatha la miró a través del reflejo en el espejo del ascensor y pensó con envidia que realmente parecía sacada del cincel de un escultor. Al salir en la sexta planta la azafata le cedió el paso y le indicó hacia la izquierda. Avanzaron unos metros y llegaron a una puerta de madera noble. La joven llamó con los nudillos y abrió sin esperar respuesta.

Agatha se encontró en una oficina que más parecía de un alto directivo de una compañía de energía que la de un gurú de la filosofía y la caridad; la azafata había desaparecido. Agatha calculó así a ojo que aquel despacho tendría unos setenta y cinco metros cuadrados, gran ventanal de madera y un Matisse en la pared principal. Torció el gesto pero Joshua Ben Joseph no parecía fuera de lugar con sus zapatos de Amadeo Testoni y su corbata de seda. Dio los buenos días y se defendió, interpretando a la perfección el lenguaje corporal de la periodista.

—Uno tiene que dar una imagen, ¿sabe?

Estaba sentado tras un ultramoderno escritorio de color madera claro que tenía un solo apoyo en uno de sus lados y forma de lengua por así decirlo.

—¿Es usted periodista verdad? —dijo con un indisimulado desdén.

—Sí. Mi nombre es Agat… Anna Young. Trabajo por mi cuenta y estoy documentándome sobre las otras formas de entender la espiritualidad.

—¿Y yo en qué puedo ayudarle?

—Bueno… Ustedes dicen ser una asociación filosófica y de pensamiento…

—A menudo las personas poco cultas —dijo con aire elitista— confunden filosofía con espiritualidad y/o religión. ¿Para qué medio dice que trabaja?

—Mierda —balbuceó Agatha para sus adentros.

Con toda seguridad no había ponderado suficientemente la posibilidad de que Joshua Ben Joseph le reconociera del artículo que le dejó en tan mal lugar. Aunque aquella interviú se realizó por vídeo conferencia y habían pasado tres años, era un riesgo real. Si esto ocurría cuando menos se iba a cerrar en banda, si no la echaba con cajas destempladas de aquel despacho y luego del edificio. Joshua la miraba con desconfianza. Los periodistas no eran su gremio favorito. Clavó sus verdes ojos en los de Agatha, esta bajó la mirada aturdida y, cuando lo hizo, reparó en una tarjeta de visita, un trocito de cartón blanco con el dibujo de un pastelito, apoyado sobre un dietario negro, perdido en la inmensidad de aquel escritorio de madera noble. Estaba íntegramente escrita en inglés y era de «Bea's and Bloombury», una gran pastelería que todo aquel que viva o haya vivido en Londres conoce. Está situada en el ochenta y tres de Watlling Street, en plena City.

—«La vida es corta, come pasteles» —le soltó con intención de desviar la conversación, pero a decir verdad aquella pequeña tarjeta de visita le decía mucho más…

—Ya veo que conoce Londres, yo tengo algunos intereses allí y suelo desayunar en Bloomsbury, me gustan mucho los cupcakes.

—A la tarde hacen tea´s and champan. Es una forma maravillosa de culminar una comida, por ejemplo en el restaurante Madison, donde habremos podido disfrutar a través de aquella fantástica cristalera de sus maravillosas vistas a la catedral de St. Paul. Cómo cambia la City del bullicio de los estresados ejecutivos en horario de oficina a los tranquilos ritmos vespertinos, cuando aquéllos se disuelven en la ciudad, llevándose consigo sus maletines, sus balances de cuentas y su competitividad. Por la noche sushi and Bento en «Wasabi». ¡Qué recuerdos!

—No sé por qué me cuenta usted todo esto —bramó Joshua que estaba empezando a irritarse. Agatha lo percibió a la perfección, así que le hizo unas preguntas de manual y salió de allí lo más rápido que pudo, al menos ya sabía que el goloso Joshua Ben Joseph frecuentaba la «milla cuadrada». Segundos más tarde estaba montada en el ascensor, la azafata había vuelto a aparecer como por arte de magia, Agatha se sorprendió otra vez mirando a través del espejo su sonrisa forzada y sus grandes pechos.

—¿Cómo se alistó usted en «Nuevo Edén»? —soltó así sin pensarlo y casi sin quererlo. La muchacha frunció el ceño y dejó de disimular su sonrisa.

—El señor Ben Joseph me ayudó cuando lo necesité y yo le estoy muy agradecida…

El ascensor aterrizó suavemente, avisando con voz metálica de su llegada a la planta baja. Se abrió la puerta y salieron a un enmoquetado y espacioso pasillo que conducía al también espacioso pero no enmoquetado hall. La joven azafata se puso tras el mostrador y se despidió con aquella sonrisa forzada. Agatha siguió hacia la puerta giratoria que conducía a la Gran Vía, alguien entraba en ese momento, era una mujer que le resultó conocida. Agatha no cayó en la cuenta de quién podría ser, así que salió a la calle y la olvidó.

Se puso a andar por la Gran Vía sin rumbo fijo, rodeada de gente, enfrascada en sus pensamientos y tratando de digerir el susto que había pasado debido a su irremediable inconsciencia, una vez más demostrada empíricamente, al encerrarse entre cuatro paredes en un edificio de trece plantas con un tipo que apunta a ser tan peligroso; y lo que es peor: mintiendo y tocándole las narices. De pronto se sintió bien; le había echado un par de ovarios al asunto: «Nuevo Edén» era un cúmulo de charlatanería y populismo barato para enredar a la gente con carencias de diferentes clases. Bueno, eso pensaba en este momento, pero con el paso de los días iba a descubrir que eso era solo la punta del iceberg, la verdad que se le iba a revelar tras los posters de la casa de la pradera, y la música new age era algo mucho más peligroso... Por otro lado esta situación había tenido su parte cómica —o eso le parecía a ella—, en la forma en que Agatha se había escabullido de allí con unas pocas preguntas retóricas y aquella alegoría gastronómica de la City. Lo que Agatha no imaginaba, era que Joshua Ben Joseph sabía perfectamente y desde el principio, quién era ella. Entre las respuestas a aquellas preguntas que usó para evadirse, Joshua había mencionado los comedores sociales que la asociación ayudaba a financiar, ese tipo de cosas que hacen algunas corporaciones para dar un toque social a sus actividades y de paso cobrar alguna subvención; desde luego «Nuevo Edén» no era la única que realizaba dichas prácticas y eran solo una tapadera.

Agatha decidió darse una vuelta por uno de dichos comedores, concretamente uno que opera en el barrio de Atxuri. Desde donde se encontraba —a la altura de El Corte Inglés—, había un paseo de escasos quince minutos —diez al paso al que iba a atravesar el Casco Viejo—. El comedor estaba ubicado en la plaza de La Encarnación. Atravesó la plaza circular. Al mirar hacia su derecha vio gente entrando y saliendo de la estación de Abando; más arriba, por la calle Hurtado de Amézaga se llega a la plaza de Zabálburu. Agatha pasó bajo la estatua del fundador de la Villa y encaminó sus pasos hacia la calle Navarra, pisó una baldosa suelta que le anegó los zapatos; ¡Unos zapatos de doscientos euros! Al pasar junto al edificio de las oficinas centrales del metro, estuvo a punto de tropezar con un joven con aspecto de Bob Marley, que pedía limosna a través de un cartel con una ortografía particular: «No tengo travajo con que dar de comer a mis ijos». Le observó con cara incrédula y siguió calle abajo por el puente del Arriaga, viendo a su derecha el teatro del mismo nombre y al fondo la iglesia de San Nicolás de Bari, al otro lado del Arenal. Paró en la acera para dejar pasar al tranvía y enfiló la calle Bidebarrieta, miró la puerta de la biblioteca y una sonrisa acudió a su rostro. Atravesó la plazuela de Santiago, no sin posar un par de segundos su mirada sobre la catedral. Por la calle Carnicería Vieja llegó hasta la calle Ribera. A la derecha está el puente y a la izquierda el mercado. Siguió por los arcos. Aligeró porque había empezado a llover.

El barrio de Atxuri está al otro lado del centro histórico de Bilbao, aquí no hay más que la vieja Escuela de Maestría —que en su día fue la Escuela de Artes y Oficios, y aún antes, el primer hospital civil de la villa, allá por 1835; un bellísimo edificio de arquitectura neoclásica en el que sobresalen su escalinata y unas imponentes columnas dóricas —una bella estación de tren de estilo neovasco, con su torre, el escudo de la fachada en el que se puede leer «Ferrocarriles Vascongados», y que fue terminada en 1916—, algún bar y el lugar donde Agatha se dirigía: la plazuela Encarnación. En lo primero que reparó su vista, fue en la imponente iglesia que preside esta plaza y que le da el nombre. En la fachada adosada a su derecha, en la puerta de lo que parecía ser la sacristía, había un hombre, vestido con sencillez, que al verla se puso a hacerle señas. Mientras paseaba camino de allí, había buscado el teléfono del comedor en internet y le había llamado. Le dijo que le estaría esperando, que tenía que atender un tema personal pero que le podía conceder quince minutos y es por eso —y por la lluvia— que atravesó el casco viejo como el rayo. El hombre le saluda.

—Buenos días, soy Gabriel Salvador y soy voluntario del comedor social de «La Encarnación». La conozco de verla en algún programa de la tele. ¿En qué puedo ayudarla?

Era cierto, esporádicamente le llamaban para uno de esos programas de debate que dan a media tarde en la televisión autonómica y en los que se tratan temas de lo más variado; desde política internacional, hasta cotilleos de la «gente guapa». Gabriel era un hombre de mediana edad; cercano a los sesenta, en su cara sobresalían unos claros ojos azules de viva mirada y un tanto humedecidos. Sudaba y parecía atareado.

—Si me ha visto en *Tú dirás* sabrá que mi nombre es Anna Young y que soy periodista, estoy trabajando en un artículo sobre la pobreza en la ciudad y me gustaría visitar un par de días el comedor. Si no tienen inconveniente…

—Vivimos en un mundo en el que nadie quiere comprometerse con los demás, aquí apenas estamos tres voluntarios y así es muy difícil llevar a cabo la labor que deseamos.

La periodista hizo un gesto de aprobación levantando el pulgar, también le indicó que recogería su queja en el supuesto artículo que estaba escribiendo. Parecía que se había ganado su confianza. Gabriel le enseñó las instalaciones del comedor que en realidad era una lonja más pequeña que el despacho del señor Ben Joseph y ubicada detrás la sacristía, en la que hacía mucho frío y la humedad campaba a sus anchas dibujando círculos negros en paredes y techo. Había una pequeña cocina de butano.

—En este comedor trabajamos tres voluntarios como le dije: Magdalena, Pedro y un servidor. Pertenecemos cada uno a una ONG diferente, las tres de orientación cristiana. Sus nombres son «Fe cristiana», «Levántate y anda» y la mía que es «Misiones juveniles». Agatha lo miró un par de segundos y no pudo evitar una sonrisilla divertida. Pero lo que no le cuadraba a la señorita Miller era la razón por la que una organización que se autoproclamaba como la alternativa a las iglesias tradicionales podía estar financiando un proyecto en el cual sus voluntarios eran militantes de base de la iglesia católica.

—Perdóneme —le pregunta a Gabriel—, pero, ¿qué papel tiene en todo esto «Nuevo Edén»?

—Bueno, la asociación a la que usted se refiere; que ya sé que no tiene muy buena reputación —puntualizó—, solo es uno de los benefactores de nuestro comedor, mientras se mantenga dentro de la ley su dinero es muy bienvenido. Nuestros recursos son mínimos, ¿entiende?

—Entiendo. Pero dígame, ¿a qué se refiere con aquello de que «Nuevo Edén» tiene mala reputación?

—Bueno..., ya sabe... —dudó—, dicen que si es una secta..., pero no tiene nada que ver con nosotros más allá de la pequeña aportación que nos hace una vez al año.

—Una última cuestión, ¿podría usted facilitarme los presupuestos del comedor?

—Para eso tendrá usted que acudir al administrador, el señor de Cavia Suárez. Hoy se pasará por aquí sobre las doce del mediodía más o menos.

— ¿Administrador? Yo pensé que…

—Sí, es quien lleva las cuentas y pedidos, él es quien maneja los presupuestos, la verdad es que no sabemos mucho de él pero su trabajo hace posible que esto funcione, es él quien se encarga de buscar a los benefactores.

—Son las once y cuarto, iré a tomar un café y regreso dentro de una hora, muchas gracias por su ayuda.

—De nada, ¡vaya con Dios!

Al salir de la plazuela Encarnación, junto al instituto de formación profesional y frente a la estación del tren, hay un par de bares. Agatha no tenía costumbre de andar por esta zona de la ciudad así que no los conocía. Entró en el primero que vio. Era un mesón, de planta completamente cuadrada, una larga barra que ocupaba todo el frente según se entraba. Un hombretón grande y con aspecto bonachón tras de ella. Una vieja cafetera, una máquina tragaperras y dos jubilados despotricando del gobierno mientras veían las noticias, completaban la escena. Entró y se hizo el silencio un segundo, los dos hombres la escrutaron de arriba a abajo y pusieron caras según su veredicto, el camarero, que rondaría los sesenta, sonrió tímidamente. Él también le miró de la cabeza a los pies.

—¿Qué va a ser?

—Un café solo por favor. —Se sentó en una mesa sin hacer mucho caso al entorno y sacó sus notas con intención de hacer un pequeño repaso. El café era agua de castañas, lo cual es raro en esta ciudad.—debió de encontrar la excepción que confirma la regla—. La excepcional agua y la profesionalidad de los camareros, que en Bilbao los hay muy buenos, hacen que por regla general se pueda degustar un café excelente. La visita a este lugar tan «agradable» le tenía reservada aún una sorpresa de índole mayúsculo. El presentador del informativo territorial que se emitía por televisión pasó a dar las noticias de economía. Agatha Miller cerró de golpe su agenda y clavó sus pupilas en el televisor y con rictus estupefacto escuchó la primera noticia de esta sección del noticiero: «La directora de la Hacienda foral vasca confirma que la subida de impuestos será inevitable para el próximo curso». Acto seguido aparecían unas imágenes de la directora de Hacienda justificando la medida: «Bla, bla, bla». Fue entonces cuando los ojos de la periodista estuvieron a punto de salirse de sus órbitas y su corazón dio un triple salto mortal, era la mujer que se cruzó en la puerta de las oficinas de «Nuevo Edén», ¡con razón le había resultado familiar en aquel momento! ¡La veía día sí y día también en las noticias!

Llegados a este punto creo que ha llegado el momento de poner las cartas sobre la mesa. El nombre de quien subscribe esta crónica de la muerte de Agatha Miller y posterior investigación por parte del detective Ioar Yoel y su equipo. Mi nombre es Leandro Martínez Astudillo, aunque uso el de Leandro de Cavia Suárez como sobrenombre en homenaje a mi más ilustre antepasado: el obispo de Osma. Hasta ahora no me había presentado y espero que quien está ahí, al otro lado de este libro, no se sienta traicionado por tal desliz, forzado en ningún caso por la voluntad de un servidor sino, más bien, fruto de haberme dejado llevar por la historia, sin pensar en la falta de aprecio que hacía al respetado lector. Pido disculpas pues, esperando su comprensión. Hecha esta aclaración volvemos a Agatha y al comedor social de La Encarnación. Yo la estaba esperando en la minúscula oficina que tenía adosada al comedor, allí tenía una mesa que siempre estaba llena de facturas y presupuestos y en uno de los cajones, guardado con llave, mi cuaderno. La *Biblia de Abaddon* lo llamaba yo; en ella llevaba registro de aquellos nombres de personas relacionadas, voluntaria o involuntariamente, con nuestra misión, y de todos los pasos que íbamos dando para el renacer de la sagrada organización, creada por mi insigne antepasado, olvidada en el paso de los tiempos y que está volviendo; volverá… De dicho libro diario solo existía otra copia en formato digital almacenada en el ordenador de una amiga.

Anna entró en mi «oficina» y yo le di los buenos días tratando de sonreír, no me gustaba un pelo. Tan pronto me dijeron los voluntarios que iba a venir algo me dijo que debía de tener cuidado y mantenerla bajo control.

—Mi nombre es Agatha Miller, bueno es un seudónimo… Mi verdadero nombre es Anna Young. Soy periodista y me imagino que le habrá informado el señor Salvador que estoy escri…

—Sí, sí, me ha comentado que usted quiere los presupuestos del comedor.

—Sí, es que los he intentado buscar en internet pero no tienen ustedes página web.

Nos habíamos saltado el pequeño detalle de hacer públicos los presupuestos, «un pequeño desliz», pero ahora tenía que venir esta tía a meter las narices y se los tuve que dar porque si no iba a venir con la policía, así que no me quedó más remedio.

—No, todavía no nos hemos modernizado —sonreí—. ¿Podría decirme en qué podrían ayudarle las cuentas de este modesto comedor en su artículo?

—Bueno… —parece que dudó un segundo—, no se ofenda, pero quisiera establecer la transparencia de las cuentas de un ente que recibe ayudas públicas; también quiero conocer cuáles son las sociedades benefactoras.

En aquel momento pensé que lo mejor era darle una copia de los presupuestos y así lo hice, en realidad le proporcioné un hilo para tirar, pero no adelantemos los acontecimientos. Le di un apretón de manos y me despedí pensando en que quizá más adelante habría que quitarla de en medio.

Agatha llegó a su casa y se pegó una ducha, antes había metido un buen rioja a enfriar. Le gustaba —contrariamente a lo que dicen los entendidos— a ocho o diez grados, un poco fresquito. Ella pasó bajo el chorro de agua y le reconfortó. Había llegado a casa empapada; el paraguas por muy grande que sea no te libra de la sucia agua-viento, y como se suele decir «tenía caladas hasta las bragas...». Tras el ritual de ducha de todos los días se puso el albornoz y salió del baño, sacó la botella de la nevera y la descorchó. Se sirvió una copa mientras escuchaba por la escalera los conocidos pasos de Luar, cuando probó el primer sorbo de vino, se oía el sonido de la cerradura de seguridad.

—¡Hola Anna!, ¿qué tal el día?

—Bien, ¿qué tal tú en la uni?

—Bien, todo viento en popa —contestó Luar. Era un espíritu joven y positivo que daba mucha vida a Agatha.

—¿Quieres un vino?

—No gracias, después del baño quizá. ¿Me puedes contar algo de tu artículo?

—Aún es pronto. Ya te contaré.

Luar fue a tomar un baño, solía hacerlo hasta de una hora en alguna ocasión. Se ponía música oriental unas veces, Salvador Candel otras, y a veces disfrutaba relajándose con la poesía de Silvio Rodríguez. Agatha era más de rock; y reconocía abiertamente que cada época de la vida de una tiene su propia «banda sonora» y es así que cuando escuchaba *Brothers in Arms,* se trasladaba siempre a la universidad y que los Beatles eran lo que más sonaba en Londres cuando era niña. Los Sex Pistols pasaron de largo por su barrio; el primer beso: Nazareth, y aquellas juergas de adolescencia: los Rolling, y sin duda alguna no podía evitar las lágrimas —en ocasiones habían sido auténticas lloreras—, cuando escuchaba *Confortabilly Nubs* de

Pink Floyd, esa era la canción más evocadora que conocía. Le traía a la memoria a Paul, su pobre hermano fallecido víctima de la heroína cuando la periodista tenía once años.

Así que se quedó sola en la sala de estar, sacó el presupuesto del comedor social, que yo mismo le había facilitado y se dispuso a echarle una ojeada. En las primeras páginas desgranaba los gastos típicos de este tipo de institución: Alimentos, material de limpieza, suministros, salario del administrador —dos mil euros mensuales y tres pagas—. Local municipal gratuito, ¡luz y agua por cuenta del ayuntamiento! Donaciones de numerosos particulares y empresas y una partida del 4,2% del total de las aportaciones externas de capital del comedor. «Nuevo Edén» también aparecía en este apartado, efectivamente era cifra modesta, como había dicho Gabriel, ¡una buena forma de desgravar!, o tal vez un lavado de cara. El resto de la financiación a cuenta de una sociedad llamada «La Luz S.L.» un 51%. ¡Ostras! —exclamó—, un 51%, ¡cómo que un 51%!, ¡estábamos hablando de veinte mil euros!, nada más y nada menos que veinte mil pavos, esa era una cantidad exagerada para ser una aportación inocua —debió de pensar la zorra de ella. «Un nombre nuevo» dijo entre dientes—.

Excitada, buscó con poca suerte a ver qué podía haber en internet. Después de esta búsqueda infructuosa pensó en Víctor de Diego, un viejo amigo de los tiempos de la universidad en Leeds; los dos habían acabado trabajando fuera de Inglaterra; ella en Bilbao y él en Madrid, en la redacción del BOE. Al igual que Agatha, era periodista y, como ella, estaba soltero; era un eterno hippie que aún fumaba marihuana como lo hacían en la época de Leeds, era un buen tipo que hacía mucho que Agatha no veía. Él podría acceder al BORME, que aun pudiéndose realizar una consulta pública, ésta podría convertirse en muy tediosa y casi seguro infructuosa, sin conocer la fecha de constitución de la empresa a localizar. Apuró la copa y se sirvió otra. De fondo se oía *Óleo de una mujer con sombrero*, proveniente del baño, acompañaba a la melodía el olor del incienso con aroma a limón. Luar flotaba en su pequeño paraíso...

Cogió el teléfono, buscó en la agenda el número de Víctor, marcó y miró el reloj. Debería de haberlo hecho al revés pero... Bueno, no era demasiado tarde, dio llamada y descolgó.

—¡Oh my god! Anna, cuánto tiempo. ¿Qué se te ofrece a las nueve de la noche?

Víctor era un hombre curtido en mil batallas, nació en el Puerto de Santa María, en Cádiz. Cuando apenas tenía 17 años y con las notas académicas de un genio, se largó de casa y se plantó en Londres. Allí se conocieron y compartieron juergas y tardes de estudios, guardaba muy buen recuerdo suyo. Por lo visto no había perdido su sentido del humor.

—Hola Víctor, veo que no has borrado mi número.

—¿Cómo voy a borrarlo?, todavía espero que me llames para esa cita romántica que me debes.

—Ya estoy mayor para romanticismos, mi llamada es de índole profesional.

—Mi gozo en un pozo...

—No desesperes amigo.

—Bueno, tú dirás. Ya veo que no me has llamado porque te sientes sola en medio de la noche...

—Ja, ja. Ya sabes que yo no hago esas locuras. Se trata de una sociedad mercantil, de la cual me gustaría conocer los nombres de su consejo de administración, se llama «La Luz S.L.». Si me harías el favor...

—Cuenta con ello, lo puedo mirar ahora mismo. Hoy estoy en Santander y si quieres nos vemos mañana, me paso por Bilbao y te doy toda la información que haya sobre ella. ¿A las diez te parece bien? Salgo a las ocho y media de aquí y a esa hora estaré allí. ¿Vale?

—¡Lo has conseguido, eh!

—Bueno mañana nos vemos.

En el momento que colgaba el teléfono Luar entró en la sala, tenía una toalla enroscada en la cabeza y un kimono rojo con dragones blancos estampados, se sentó a su lado en el sofá, le ofreció un pedazo de queso que traía en la mano, se sirvió un vino y solo dijo:

—¿Qué tal?

Pasaron un buen rato dando cuenta de la botella y de otra más, haciendo risas; hacia medianoche se fueron a dormir.

Solicito en este momento un ejercicio de retrospección al lector y viajemos al año mil novecientos noventa y uno, es una soleada mañana de verano. Siete jóvenes, entre ellos yo, nos reunimos en el parque de atracciones de Artxanda, cerrado el año anterior y pasto de los saqueadores. Pasados ya los años del colegio mayor y la universidad, lo convertimos en nuestro lugar de reuniones clandestinas. De alguna manera todos queríamos cambiar el mundo, volverlo a la senda de cristo, pero yo quería ir más allá. Aquella tarde, en aquel destartalado vestuario de la piscina del parque de atracciones recuperé una vieja idea.

—¡Amigos, hay que pasar a la acción! ¡Dios por la espada! ¡Los enemigos de la cruz han de ser castigados!

—¡Estás loco! ¿Cómo Abaddon? ¿Quieres resucitar la idea de tu tatarabuelo?

—¡Sí señor, la nueva Inquisición!, ¡el fuego purifica!

—¡Yo no quiero aguantar esto más! ¡El todopoderoso nos dice: «no matarás»!

Aquella tarde fue la última de nuestras reuniones, a partir de entonces cada uno de nosotros siguió su camino.

6

Bilbao, 12 de enero de 2015

Esta mañana el detective Yoel se encontraba mucho mejor, la resaca había quedado atrás. Eran las nueve menos cuarto cuando introdujo la llave en el contacto de su BMW. Había quedado a las nueve en la puerta del hospital civil con Goyo Lomoviejo. Después de no pocas trabas por parte del equipo médico, habían accedido a que el vagabundo fuera interrogado. Así que metió primera y puso rumbo a Basurto. El tráfico no era muy denso, hacía fresco pero lucía el sol. A la noche había llovido un poco; cuatro gotas. Cuando llegó al parking del hospital, el detective Lomoviejo ya estaba allí, apoyado en su coche.

El hospital está ubicado en plena ciudad, en el barrio de Basurto, —cerca de la redacción de *El Objetivo* y del estadio de San Mamés. —Se construyó así con el objeto de agilizar el acceso al mismo. Esto, con la modernización se ha convertido en un hándicap ya que recientemente han querido colocar un helipuerto en la azotea, con el fin de facilitar las evacuaciones, y pese a tener ésta el tamaño requerido más que de sobra, los protocolos de seguridad ciudadana lo desaprueban, así que adiós al helipuerto. Al alcalde y a cuatro burócratas del ayuntamiento seguro que les habría hecho felices; estas cosas visten mucho y además seguro que alguien tiene algún amigo para construir pistas de aterrizaje para helicópteros, pero me temo que por esta vez se la tendrán que envainar... A pesar de tener ya casi cien años está bien conservado, tiene diecisiete pabellones, denominados con nombres de médicos insignes que han desarrollado su labor profesional en él, en cada pabellón, una especialidad. Cada uno de ellos cuenta con tres plantas. Los detectives se dirigían a la primera planta del pabellón más cercano a la puerta principal. En recepción había una chica joven, en cuyo rostro reinaban unos grandes y vivos ojos verdes. Les saluda con una amplia sonrisa que para su sorpresa, no se ve afectada por la visión de las identificaciones policiales.

—Les estamos esperando. El director del hospital quiere acompañarles en persona. Estará aquí en un minuto. ¿Podrán esperarle? —les preguntó mientras se rascaba con simpatía su larga cabellera castaña llena de caracolillos y recogida en una coleta.

—Está en la habitación 107 —informa el doctor García Ros tras las presentaciones—. Ni que decir tiene que se ha formado un revuelo tremendo gracias al «portero» que le han asignado al paciente —reprocha seguidamente—. Y es que efectivamente en la puerta de dicha habitación el comisario Benavente había mandado colocar un agente perfectamente uniformado. «Por si las moscas» —había dicho.

—¡Hola Pepe! —saludaron al unísono los dos detectives al pasar junto al guardia.

—Le pido disculpas en nombre del cuerpo por las molestias que pueda producir esta medida, pero le aseguro que es totalmente necesaria —se disculpa Yoel mientras lee en la placa que prende de la inmaculada bata blanca del director, que es cirujano cardiovascular.

—El paciente no está acusado de nada, solo creemos que puede ser testigo de un asesinato y es por ello que puede haber gente que le quieran ver fuera de circulación. Lo estamos protegiendo, no vigilando. —Apuntó Yoel intentando dar a sus palabras un tono entre digno y solemne.

El vagabundo no tiene aspecto de indigente ya que está perfectamente aseado, es un hombre de una delgadez famélica y una piel blanca como el papel de fumar en su enjuta tez de galgo de la calle, nariz afilada y mirada triste. Casi parecía que se iba a escapar del pijama. Tenía una vía conectada a un gotero y no mal aspecto del todo.

—Somos los detectives Lomoviejo y Yoel. ¿Qué tal está Ricardo?

Ricardo no es más que un pobre hombre que estaba en el momento menos acertado en el lugar equivocado y que además tuvo la osadía de querer coger lo que no era suyo…

—¿Pues qué quiere usted que le diga?, me han pegado un tiro en una pierna…. Aunque pensándolo bien aquí se come todos los días. ¡Y caliente!, ¡y si alargo la estancia un poco, igual me pongo en forma! —dijo con cara de pocos amigos y una mezcla de ironía y desdén.

Ioar Yoel se dio cuenta rápidamente de que iba a tener que ganarse la confianza de Ricardo, por lo cual intentó buscar un poco de cercanía.

—Estamos aquí para ayudarle y protegerle. ¿Puedo tutearle? —Ricardo asiente tímidamente—. Como decía estamos aquí para ayudarte, queremos saber quién te ha pegado ese tiro en el muslo, por qué lo ha hecho y por supuesto queremos cogerle tanto, como tú quieres que le cojamos. —Yoel ya había roto el hielo, ahora tocaban las preguntas incómodas.

—Ricardo, ¿nos puede contar qué pasó la otra noche en el callejón?

—No sé, no recuerdo muy bien…, yo pasaba por allí y de repente, aparecieron de la nada ellos y esa pobre muchacha, le perseguían tres hombres y una mujer, ella tropezó. La mujer de pronto sacó una pistola y se la puso en la cabeza y disparó…,

disparó y la mató —hizo una pausa y les miró con rostro melancólico, luego prosiguió—. Después, los otros dos repararon en mí y empezaron a dispararme —volvió a parar y esta vez empezó a sudar, tenía mala cara—. Lo siento. Me encuentro mal, me duele la cabeza y estoy mareado, tengo frío.

—Creo que será mejor acabar el interrogatorio por hoy, es mi deber cuidar de la salud del paciente y pedirles que reanuden esta conversación otro día. —interviene el doctor.

—Está bien —contesta Lomoviejo—, solo una cosa más; cuando te encontraron en el callejón desangrándote tenías una cartera; un bolso de mano, con unas revistas. ¿De dónde las sacó?

—¿Cartera?, yo no tenía ninguna cartera.

—Bueno ya está bien —sentencia el doctor Miguel García Ros— vuelvan mañana si quieren y continúen, ahora está todavía convaleciente y muy débil, necesita descansar.

Un rato más tarde:

Era una escena típica de la comisaría: los cuatro en silencio, tomando café y mirando la pizarra blanca llena de fotos, nombres, fechas y todo lo que fuera relevante para el caso. Cada uno haciendo sus conjeturas. De vez en cuando alguien pensaba algo en alto y los demás le miraban y luego éste, o ésta, decía: «no, nada, es que…», y el grupo volvía a sus pensamientos. Yoel miraba la foto de Anna nadando en un charco de sangre. Era poco lo que tenían hasta el momento, o lo que era lo mismo, casi nada. Un testigo que no recordaba mucho —decía que era una mujer la asesina y que había tres hombres también— y poco más: una cartera con unas revistas. Un callejón sin aparente salida. En estas estaban los cuatro detectives cuando se rompió la armonía por obra y gracia del comisario Benavente que traía un pendrive en la mano derecha.

— ¡A ver chicos!, ¿qué ordenador funciona?

—Todos jefe, estos son moderníííisimos —bromeó Lola.

—¡Bueno, cualquiera! —dijo visiblemente nervioso—. ¡Tengo ganas de acabar con esto de una puta vez!, me están apretando las gomas desde arriba.

—¡Coja el mío! —dijo Ioar separando su silla de la mesa y ofreciéndosela.

Se sentó. Yoel introdujo su clave y Benavente el pendrive. Era un vídeo, concretamente la grabación de una cámara de seguridad de la comisaría colocada a escasos ciento cincuenta metros del lugar donde Agatha Miller fue ajusticiada y en la misma dirección del tráfico de la huida. En ella se ve pasar una furgoneta blanca, Mercedes Sprinter. Lo primero que se mira en este tipo de grabaciones, es si al conductor o posibles acompañantes se les ve el rostro o algo que pudiera identificarles, en este caso van dos y había tomado la precaución de ponerse gorra y bajado los quitasoles por lo que dedujeron que sabían que la cámara los estaba grabando. El siguiente paso es la matrícula. Pasaron el vídeo un montón de veces; a cámara lenta, para adelante, para atrás y congelada. Después de un rato de «amplíame este sector» y de «fijaros en esto» encontraron lo que parecía ser un pequeño impacto en la chapa delantera de la furgoneta, no se veía muy bien pero podría llegar a valerles.

—Os preguntaréis qué pinta en todo esto la dichosa furgoneta —comenzó a relatar el comisario— pues bien cuando os habéis marchado del hospital y después de descansar un poco parece que a nuestro amigo Ricardo le ha vuelto la memoria y ha contado al agente que lo custodia, con el que parece que ha desarrollado simpatía, que robó la cartera de una furgoneta, que pensó que tendría dinero. Le contó también que la furgoneta era blanca y que no sabía mucho de modelos pero que vagamente recuerda el logotipo de Mercedes. Si encontramos una Mercedes con una abolladura en la chapa delantera quizá podamos establecer una relación. También he mandado un equipo de campo al escenario del crimen —que continúa acordonado—, para que a través de rodadas de neumático, restos de lubricante o combustible intentaran encontrar evidencias de que ha estado allí; situarla en el escenario del crimen. Antes de la noche lo confirmaron: «con una probabilidad de error del uno por ciento, por decir algo» —había dicho el de la científica. Una Mercedes Sprinter y todo indica que es nuestra furgoneta.

Un agente uniformado de los que hacen guardia en la puerta de la comisaría entró en la oficina diáfana y le hizo entrega de un sobre acolchado al jefe, le hizo también varios comentarios que nadie más pudo oír y se marchó. El jefe abrió el sobre y extrajo el contenido de su interior: Una cartera.

—La cartera —dijo, mientras abría la cremallera intentando no romper el precinto que decía: «Prueba».

En su interior contenía al menos media docena de revistas, todas iguales. El mismo número de la misma revista: *La búsqueda*.

—¡Y por esto le dieron un tiro en un muslo!—suspiró lastimera Sara.

—Sí, por esto, una puta cartera en la que creyó que habría algo de dinero que le aliviaría un poco la existencia, acaso unos días; un golpe que suerte que no fue tal. —Lola ojeaba uno de los ejemplares—. Vaya, esta revista está editada por «Nuevo Edén». Una secta que proclama que las religiones tradicionales engañan al personal y que ellos son una especie de remanso espiritual y de saber.

—¿A dónde quieres llegar? —pregunta Lola.

—Anna publicó un artículo sobre sectas titulado: *Sectas en el País Vasco*. Dicho artículo hablaba de cómo engañan las sectas a los ciudadanos y que por lo que leí por encima, hablaba en exclusiva de esta organización. ¿Podemos establecer una relación?

—¡Pues claro que sí! —exclamó Ioar eufórico.

7

Bilbao, 29 de diciembre de 2014

Habían quedado en el parque de Doña Casilda, conocido por todo aquel que vive o ha vivido en Bilbao como «el parque de los patos». Y precisamente quedaron junto al estanque donde niños y no tan niños llegan cargados de pan, palomitas y otros «manjares», con los que se completa la dieta de una docena de patos y varios cisnes que allí conviven. Tenía Agatha como costumbre, de índole casi maníaca, llegar antes de la hora. Habían quedado a las diez de la mañana y ella estaba en el lugar de la cita con quince minutos de antelación. Mientras esperaba consiguió arreglar por teléfono una cita con la directora de Hacienda de la Diputación Foral. Tenía un hueco esa misma tarde y la recibiría encantada a decir del joven que atendió gentilmente al teléfono. Se había sentado en un banco a contemplar el chorro de agua que a modo de géiser surge del centro del estanque, procedente del Helguera, río que atraviesa el Bilbao por el subsuelo. Se puso a consultar sus notas y, al sacar su smartphone del bolso, cayó al suelo una tarjeta de visita. Se agachó para recogerla. La miró, era de Ioar; la observó un par de segundos y la guardó. Se puso a repasar, su expresión delataba que estaba perdida, que no sabía por dónde meterle mano al asunto, ¿quizá la aturdiría la cantidad de dinero que

«La Luz» donaba al comedor de La Encarnación?, ¿o el no saber quién estaba detrás? Bueno, para saber eso estaba allí. Parecía claro a su vez que la colaboración de «Nuevo Edén» tampoco cuadraba de ninguna de las maneras. El canto de los estorninos ponía la banda sonora a esta preciosa y fresca, pero soleada mañana.

—¡Hello Anna! ¡Mírate qué guapa! ¡Estás preciosa!

Víctor siempre la había piropeado mucho con ese estilo de princesita divina que él tenía, que era solo eso, fachada, su forma de ser era así: amanerado sí, pero siempre había parecido tener debilidad por Agatha, aunque nunca se lanzó. Ella en cambio no tomó jamás en serio esa posibilidad. Estaba convencida de que era una broma entre ellos.

—Hola Víctor —contestó mientras le abrazaba y como era la costumbre a lo largo de los años, le dio tres besos. Uno en cada mejilla y luego después de mirarle fijamente a los ojos, le dio el último en… la frente—. ¿Qué es de tu vida?

—Pues nada amiga, cada día más viejo, pero por suerte tengo un trabajo tranquilo y creo que seguro.

—No creo que el BOE se vaya a la mierda, ¿no?

—Ya, pero podría haber recortes.

—O privatización, pero no vamos a ponernos melodramáticos, ¿verdad?

Hablaron un poco de lo que les había pasado a cada uno durante estos años, Víctor dijo que había seguido leyendo todos los artículos de prensa firmados por ella que habían caído en sus manos y que la había visto en la tele no pocas veces.

—Me gusta tu forma de ver el mundo, yo a mis amigos siempre les digo que no eres ni de derechas ni de izquierdas. Que tienes tus ideas y que me pareces muy comedida. Pero bueno vayamos al grano, aquí tienes lo que me pediste, un informe completo de la empresa «La Luz S.L.» y cuando digo completo es porque lo he enriquecido con algunos favores que he pedido a conocidos que me los debían. Vayamos por partes: Su único accionista y al parecer socio, empleado y todo, es Juan Leandro Martínez Astudillo. Todo parece indicar —y aquí hay que ser muy cautos— que se trata de una sociedad falsa, no tiene actividad conocida aparte de financiar proyectos de carácter social, comedores para pobres concretamente, hemos mirado cómo consigue las subvenciones que recibe y hemos descubierto que son unos presupuestos «more false than a penny wood».

—¿Pero entonces de qué sirve una empresa de este tipo?

—Bueno es difícil saberlo a ciencia cierta, en principio parece que para hacer fraude con las subvenciones y habría que mirar la contabilidad con más profundidad; quizá para tapar algún otro tipo de sociedades o actividades fraudulentas, etc... También podría ser que alguien podría estar haciendo la vista gorda en el ministerio de Industria y en el de Hacienda.

—¿Me avisarás si te enteras de algo más?

—En teoría yo, como funcionario del Estado, debería dar parte de esto...

—Dame unos días por favor, tú no tienes por qué haber visto nada.

—En realidad yo no he visto nada. ¿De qué estábamos hablando?

—Gracias —le dijo.

—Me debes un polvo —se rió.

Cada uno tomó su camino. Víctor dijo que volvía a Madrid, que iba a pasar la nochevieja en casa de unos amigos y que el día dos de enero tenía que trabajar. Agatha por su parte, pasó el resto de la mañana mirando escaparates por la Gran Vía, se compró un par de zapatos y un vestido nuevo, luego fue a casa a comer, a la tarde tenía una entrevista con Meritxell Uría, directora de Hacienda.

—Cuando se inauguró el tranvía allá por el año dos mil dos solo parecía una bilbainada —comenta la vecina con la que

Agatha se ha encontrado en el portal de casa—, que solo iba a traer problemas en el tráfico. Y hombre, no es que sea el medio de transporte preferido por los bilbaínos, ¡pero oye!, cumple su cometido y puedes moverte por las zonas más turísticas de Bilbao.

Agatha salió de casa y, después de tamaño anuncio publicitario, decidió coger el tranvía, así que atravesó la pasarela Arrupe y se sentó en la parada. Cuando llegó a Basurto eran las cinco menos veinte; bajó caminando entre Termibus y San Mamés, allí cerca está la redacción de *El Objetivo*. Cinco minutos antes de la cita estaba ante el mostrador de Hacienda.

—Buenos días, ¿en qué puedo ayudarle? —preguntó educadamente el guardia de seguridad del edificio del ente foral.

—Tengo cita con la señora Uría. Soy periodista. Mi nombre es Agatha Miller.

—A ver... ¡Efectivamente, aquí está, señora Miller! Tercera planta despacho número uno.

—Seño... gracias, muchas gracias —contestó mordiéndose la lengua. Subió en el amplio y limpio ascensor, la voz de una señorita anticipaba la llegada a la planta requerida; la puerta se abrió. Lo primero que vio fueron unos mostradores donde había funcionarios atendiendo a ciudadanos, mientras otros esperaban. Había gran bullicio de gente que iba y venía con papeles y carpetas de un lado para otro, algunos se saludaban y sonreían.

—El despacho número uno, por favor —cuestionó a uno que tenía pinta de trabajar allí. Éste le hizo una seña con el dedo índice, señalando una mesa en la que había una chica—. Hola soy Anna Young, tengo una cita con Meritxell Uría. Tocó el botón de un interfono y anunció su llegada, acto seguido le dijo:

—Pase por favor, la señora Uría le está esperando.

Entró en un despacho, grande pero no tanto como el de Joshua, el escritorio también era más modesto que el del gurú de «Nuevo Edén». Meritxell era una mujer joven, no tendría más de cincuenta años. En su rostro se podía adivinar una pretérita belleza, que se había ido ajando en los consejos de administración y las reuniones a espaldas de los ojos de la ley —ahogada en el pozo de sus grandes ojeras—. La expresión de la señora Uría denotaba nerviosismo. Agatha entró a cuchillo.

—Le voy a ser franca, yo no he venido aquí para entrevistarla sobre el tema de la semana, eso se lo dejo a otros compañeros. En realidad estoy trabajando en un artículo sobre la evasión de capitales.

—¿Y por qué razón me ha mentido usted? Yo tenía en mi agenda programado una entrevista sobre la subida de impuestos que muy a nuestro pesar vamos a tener que acometer.

—¿Le suena a usted de algo «Nuevo Edén»?

—Pues no —soltó poco convincente— no me suena de nada.

—¿Está usted segura? —apretó—.

—Sí…, estoy segura. ¿Pero qué es esto?

—Lo digo porque el otro día estuve entrevistando al gran jefe de esta pseudo-iglesia, por usar un calificativo «blando», en sus oficinas de la Gran Vía y me crucé con usted en la puerta. Usted entraba y yo salía y bueno… Todo el edificio es de la propiedad de dicha asociación. —A la señora Uría se le iba un color y se le venía otro. Su cara era un poema de irritación cuando alcanzó a gritar:

—¿Me está usted diciendo que yo, la directora de Hacienda de la Diputación Foral estoy involucrada con una secta que entre otras cosas se dedica a evadir capitales? Perdóneme, no le consiento que me insulte en mi propio despacho —se había incorporado de su lujosa silla de cuero y se dirigía hacia la periodista, que continuaba sentada, señalándola con el dedo índice.

—Bueno, yo no quería acusarla de nada solo le preguntaba por lo que pudiera saber dado que yo la vi allí. Tampoco le he

71

dicho que dicha asociación evada impuestos pero… —ahora ella había reculado dos pasos y su dedo índice ya no le indicaba a ella, sino a la puerta.

—Haga usted el favor de marcharse ahora mismo y no tomaré ninguna represalia contra usted pero no se le ocurra, por lo más remoto, volver sobre ese tema si no quiere encontrarse con una demanda judicial.

Agatha Miller se quedó unos segundos mirándola, la tensión era una pesada cortina de humo gris que flotaba en el ambiente. Sus ojos titilaban dentro de unas profundas ojeras. Fueron dos segundos, parecieron dos siglos y, tras ellos, se dio media vuelta, tomó la manilla y la giró. La puerta se entreabrió dejando paso a una fría corriente de aire.

—Si esto saliera en la prensa…, bueno tampoco tendría que ser para mal… si usted colaborara con mi artículo… seguro que el fiscal… ¡Porque todo se va a saber antes o después! —dijo y se dispuso a poner pie fuera del despacho, cuando tras ella, Meritxell Uría, dijo con voz de derrota:

—Cierre la puerta, esto tiene que acabar un día, y yo ya estoy cansada. Por favor, siéntese. —Agatha volvió a tomar asiento en la misma cómoda silla desde la que hace solo unos segundos divisaba el dedo inquisidor de la señora Uría, era menos cómoda que la suya eso sí, y estaba ansiosa de comprobar qué era lo que había generado ese repentino cambio de actitud. La tensión parecía relajarse y Meritxell bajaba la guardia pareciendo ahora una indefensa niña pequeña. Ella también se sentó, se pasó las palmas de las manos por la cara frotándose los ojos, la miró de frente y comenzó a narrar:

—Me he aprovechado varias veces de mi puesto para beneficiar a gente de mi alrededor. Eso lo saben y con ello me chantajean. Yo aporto dinero a su asociación y si necesitan alguna «ayuda extra» pues yo tengo que facilitársela. ¡Cada vez me piden más! Todo a cambio de no revelar una información que acabaría con mi carrera.

—Pero, ¿quiénes le chantajean?

—«Nuevo Edén», no son más que una cuadrilla de mangantes que tienen montado un negocio gracias a que conocen secretos de gente influyente y con dinero. Un día recibí una carta diciéndome que conocían mis «secretos» y narrándomelos con pelos y señales. Acompañaban la misiva con varias grabaciones que podrían hacerme mucho, mucho daño.

—Y, ¿el dinero?

—Yo aparezco como benefactora, muy a mi pesar, de esta manera ellos le dan un barniz de legalidad a lo que no es más que una extorsión.

—Tendría usted que ir a la policía.

—Pero no estoy preparada. Yo... bueno yo se lo cuento a usted... para que le sirva en su investigación. Yo no voy a ir a denunciar pero si es usted quién lo destapa… Hay mucha más gente, políticos, banqueros, periodistas y hasta algún policía, creo. Yo ya le he contado lo mío ahora le toca a usted. ¡Qué tenga mucha suerte!

Salió perpleja del edificio. Las revelaciones de Meritxell eran realmente importantes como para no tomarlas en serio e investigar, tenía que pensar qué pasos debía dar. Dobló la esquina y siguió hacia la sede de EITB; unos metros antes de llegar a esta, se metió en un portal. Saludó al portero, montó en el ascensor y salió en la segunda planta, ocupada en su totalidad por la redacción de *El Objetivo*. Seguramente le vendría bien un poco más de tiempo, máxime con lo que ahora sabía. Normalmente solía valer con un: «Tengo algo bueno entre manos y lo tengo casi a punto». Entró en el despacho del jefe,que estaba sentado tras una vieja mesa de madera con rictus serio, —aunque era un hombre, digamos bastante «paternal» siempre tenía una expresión dura— se levantó y corrió la cortina de la cristalera colocada frente a su escritorio, a través de la cual se controlaba toda la redacción.

—Siéntate Anna, ¡buenos días! —dijo gravemente—. La verdad es que me has ahorrado una llamada telefónica. Tengo que hablar contigo y ya lo estaba demorando demasiado…

—¡Qué coño pasa, jefe!, ¿de qué tenemos que hablar? —soltó una descolocada Agatha.

—¿Podrías hablarme un poco del artículo en el que estás trabajando? —¡Eso sí que era raro!, el redactor jefe de *El Objetivo* nunca le había preguntado sobre sus trabajos antes de tenerlos listos para imprenta y, ¿ahora?

—Bueno… como usted sabe estuve un mes en Londres, por mi cuenta, —puntualizó— buscando pistas sobre la evasión de capitales en el distrito financiero, encontré algunos nombres y me volví. Desde entonces estoy investigándolos y a día de hoy creo que tengo algo potente entre manos.

—Vayamos al grano, sabes lo mucho que te aprecio, que siempre te he llamado cuando he tenido un buen trabajo y que nunca te he puesto pegas para publicar todo lo que me has traído. Tu trabajo siempre ha sido de calidad…

—No entiendo a dónde quiere llegar jefe, creo que no le sigo.

—No sé dónde estás metiendo las narices en lo que estás trabajando ahora pero a alguien de arriba le está escociendo bastante.

—Pero…

—Como te digo, hay alguien muy molesto en la dirección y me están presionando mucho. Algún pez muy gordo está cabreado contigo. Lo siento, pero no te voy a publicar el artículo. No puedo… Lo siento, es mi última palabra, en adelante y hasta que se calmen las cosas no voy a poder publicarte nada, lo siento Anna… —luego dijo adiós y bajó la mirada hacia el suelo. No la levantó hasta que Agatha salió de allí.

Anna por su parte sentía hervir en su cabeza un cóctel explosivo de emociones: rabia, impotencia… mala hostia a fin de cuentas. Todo en lo que ella había creído siempre, el código deontológico, se diluía como una piedra de hielo en un JB Cuando salió del trance ya se encontraba montada en el metro mirando absorta al resto de los viajeros; la mayoría con las narices metidas dentro de algún aparato electrónico. Llegó a casa sobre las ocho y media. Luar estaba recién duchada, había pasado todo el día estudiando, por la mañana en la biblioteca de la universidad y ya por la tarde, en casa. Estaba sentada en la mesa del salón, había preparado un poco de queso, jamón ibérico y un vaso junto a una botella de vino. Cuando la vio llegar, cogió otro vaso de la alacena y se lo ofreció. La periodista se desahogó con Luar, le contó lo que había pasado en las oficinas del periódico y les puso a parir a todos los que se les ocurrió que podían tener un atisbo de culpa de ello. Hablaron de la nochevieja, Luar iba a ir a Ribadesella a pasarla con sus padres y ella volvería a Londres. En principio no tenía intención de hacerlo, pero pensó que no sabía cuántas navidades de pasar con su madre podían quedarle, así que un esfuerzo no estaría de más. En Londres no pasó nada reseñable pero aquella noche mientras moría un año y nacía otro, en Bilbao alguien se iba con el año viejo…

8

Bilbao 13 de enero de 2015

«El Quijote» es un pequeño café situado cerca de la comisaría, en el edificio contiguo. Allí suelen desayunar todas las mañanas un buen número de polis. Lo regentan una agradable pareja de cincuentones: Gabriela y Charly. Ellos les ofrecen un café para ponerse las pilas, un poco de conversación y un refugio donde coincidir con los compañeros fuera del entorno del trabajo. Es además un templo del bacalao, cuyo mérito se reparten a partes iguales: Gabriela lo cocina de cine al pil-pil, y el ajo arriero de Charly es de quitarse la txapela...

Hasta hace poco Ioar Yoel y el detective Lomoviejo iban juntos todas las mañanas a desayunar al bar, pero desde que ya no compartían piso, Goyo llegaba bastante justo al trabajo y nunca le daba tiempo de pasar por allí. Por eso Ioar se extrañó de verle aparecer aquella mañana.

—Buenos días Goyo, ¿qué raro, tú tan madrugador, no? —cuestionó mientras hacía una señal a Gabriela para que le pondría un café, al tiempo que asume que otra vez su ironía estaba poco atinada. Entorna los ojos mirando hacia el suelo.

—Pues nada tío que ya hemos tenido nuestra tercera bronca y como a la tercera va la vencida, esta ha sido gorda. Ya discutimos ayer por la noche porque quiere que le acompañe a la boda de su hermana y yo creo que es un poco pronto, estamos en «fase beta» todavía, y no sabemos si esto va a funcionar....

—Bueno, sabes que en casa hay sitio así que... —dice Ioar sin mucho convencimiento.

—Gracias, tío. Hoy, por la mañana —continúa— tú ya sabes cómo me despierto. Ha vuelto a sacar el tema; y yo sin tomar café aún... He explotado, me he vestido y me he marchado dando un portazo.

—Como tú muy bien dices estáis en fase beta y tendréis que ajustar algunos desarreglos. El camino nunca es fácil. Así son las relaciones; ya verás cómo lo superáis. David, seguro que acaba entendiéndote. Ahora ve apurando el café que tenemos que hacer una visita a Alfredo Etchegoyen redactor jefe de *El Objetivo,* su secretaria me ha dado cita dentro de una hora. Camino del diario ambos recibieron —e igualmente sus compañeras— en la aplicación de mensajería interna de la policía autonómica, un mensaje informando de que la sangre encontrada en el escenario del crimen era de Anna Young.

El portero de la redacción de *El Objetivo* no tenía muy buenas pulgas, parecía como si le hubieran interrumpido algo. Aunque a decir verdad en cuanto vio las placas de los detectives, su actitud cambio diametralmente como por arte de magia. Avisó por el interfono a una azafata que apareció en un abrir y cerrar de ojos.

—Acompáñenme señores agentes —les dijo, cediéndoles el paso hacia el ascensor—, es en la segunda planta.

—«Detectives, coño, detectives» Lomoviejo mascullaba entre dientes.

El elevador llegó al citado piso y la mujer tocó con los nudillos en una puerta en la cual había una placa en la que ponía «Redactor jefe». La abrió sin esperar a que nadie contestase, saludó y anunció la llegada de los dos policías. Dentro, un hombre bajito y regordete, con poco pelo, estaba sentado tras un escritorio de madera. Vestía una camisa blanca de H&M y tirantes. La azafata cerró la puerta tras ellos, quedándose fuera.

—Buenos días, mi nombre es Alfredo Etchegoyen. Estamos todos muy afectados con lo que ha pasado; si bien Agatha no era una trabajadora en plantilla del periódico, sí que colaboraba con relativa frecuencia y yo personalmente confiaba mucho en sus trabajos, nunca le pedía explicaciones porque todo lo que nos traía era de calidad. Últimamente me había comentado que estaba trabajando en un artículo. Sé que estuvo en Londres, un mes aproximadamente, investigando, allí viven su madre y su hermana. Volvió, bueno exactamente no sé. Yo la vi el día… déjeme que mire mi agenda... El día veintinueve. Aquí mismo. No sé nada más. Ha sido una gran pérdida. Era de las mejores periodistas que he conocido; comprometida, sincera y valiente, era muy buena. Su muerte es una gran pérdida para nuestra profesión. —Todo eso soltó sin que nadie le preguntara nada. Se le veía afectado, aunque iba a sacar un especial sobre Agatha y luego ir publicando sus artículos. Ya se sabe que una muerte puede ser muy rentable...

—¿Sabe usted si alguien podría querer hacerle daño a la señorita Miller?

—Hombre, los periodistas, igual que los policías —mientras dice esto les señala—, siempre tienen enemigos y gente a la que en el desempeño de su trabajo han podido perjudicar, Anna no era una excepción. Ella destapó aquel caso de corrupción en la gestión de equipos deportivos de élite, que acabó con tres presidentes de clubs de fútbol en la cárcel y que arruinó la carrera política de algún otro. Eso crea enemigos, ¿saben? También escribió el artículo que inspiró la revuelta vecinal de Tres Cantos y que tumbó al grupo municipal por corrupción urbanística. Sí, había gente que podía querer hacerle daño, es un riesgo que hay que correr y Anna lo sabía.

—Y últimamente, ¿notó algo raro en su comportamiento? ¿La vio nerviosa? —pregunta esta vez Goyo.

—Como ya les he dicho, la última vez que la vi fue hace unos quince días, antes de nochevieja, en esta misma oficina y fue una reunión de lo más normal, me dijo que tenía algo importante y que estaba cerca de algo, dijo que me daría algo que publicar ya para ver si alguien se ponía nervioso. Anteayer me llamó y me dijo que no publicaría, y no se publicó el artículo. Ni siquiera tengo el borrador.

—¿Le dio alguna razón?

—Me dijo que alguien ya se había puesto nervioso.

—¿Le suena de algo «Nuevo Edén»?

—Sí. Es un engañabobos que habla de un mundo mejor y no sé qué del apocalipsis de la sociedad occidental. Mezclan ciencia y religión. ¿Por qué lo pregunta? —dijo tras hacer una casi imperceptible mueca de sorpresa.

—Bueno no es seguro, pero nos hemos topado con dicha «sociedad» en el transcurso de la investigación, cada vez parece más claro que la razón por la que mataron a Anna fue el artículo en el que estaba trabajando. Señor Etchegoyen, si usted recuerda algo o se entera de algo, por favor háganoslo saber —le dijo mientras le acercaba una tarjeta de visita.

A la tarde...

El comisario Benavente había convocado a los detectives en su oficina a las cuatro y media. Cuando llegaron Lola, Goyo y Ioar Yoel, Sara estaba ya allí con él. Era la única oficina cerrada de la planta, aunque sus paredes no eran tales sino una estructura prefabricada de carpintería metálica, con tres grandes cristaleras, a través de las cuales se controlaba toda la oficina diáfana, con sus mesas ordenadas por cuadrillas de detectives —cuatro o cinco cada una según el caso—. Grupos de trabajo los llamaban, cada uno con su pizarra blanca y su cafetera. Aquel día en cambio, las persianas de la oficina del jefe estaban bajadas. En aquella estancia no había más que una mesa, un armario repleto de archivos de casos antiguos y su querido Pentium cuatro, al que salvó de la quema cuando hace un año se renovó por completo —casi— el hardware de la comisaría. Él no quiso deshacerse de su «viejo compañero». «¡Si este cacharro hablara...!», había dicho en alguna ocasión. Esta renovación estaba teniendo una segunda fase que afectaba al software y en la que los policías necesitaban realizar unos cursos de adaptación.

—Bien, ya tenemos los datos del ordenador de Agatha. Sara ha hecho un gran trabajo leyéndose en un tiempo récord una ingente cantidad de artículos. Algunos publicados y otros no. Sara, por favor.

—Y otros sin terminar. Tenía varias vías de investigación abiertas para nuevos artículos y por lo que se desprende de su trabajo podría tener muchos enemigos potenciales. Desde constructores, grandes empresarios de hostelería, políticos y hasta policías. Sí, policías también, y claro, como podéis imaginaros, los «amigos» que tenía Anna en el cuerpo no eran agentes de tráfico precisamente. En cierta serie de artículos, pone el foco de la corrupción policial en una persona. Nada más y nada menos que en Bernabé De Dios.

Al sonar ese nombre se hizo el silencio en la sala. Ioar torció el gesto y su mirada se dispersó en el infinito, su mente parecía volar. No era de extrañar ya que las historias de policías corruptos no eran nuevas para él. Lo que pasó en Barcelona había marcado un antes y un después en su vida. Aquel suculento negocio de compra y venta de visados y permisos de residencia, que tenían montado algunos «compañeros» con la complicidad de los mandos y seguramente de un pez gordo de inmigración del que nunca se supo nada, que el detective Yoel destapó y que dejó la comisaría del carrer de Balmes en cuadro; le había marcado profundamente. Tanto en su interior como profesionalmente. Después de esto sufrió muchas presiones de arriba y otras de al lado. Por eso volvió a Bilbao.

—¡El jefazo supremo de todos nosotros! — exclamó Lola— ¡La hostia!

Efectivamente Bernabé De Dios era el jefe superior de la policía y ya se había rumoreado alguna vez que estaba metido en algo turbio, pero siempre ha habido en el cuerpo la creencia de que se debía a manipulaciones interesadas para hacer daño a la policía, ¿corporativismo? Parece que Anna pensaba de forma diferente, fue una de las que difundió esta teoría.

—Bueno, del jefazo nos podemos olvidar —dijo el comisario Benavente—. Además, tenemos otras noticias sobre este caso. La bala que mató a Anna Young y la que lo hizo con Meritxel Uría salieron de la misma pistola.

—Así que fue la misma mujer la que cometió los dos asesinatos —apuntó Goyo.

—O al menos podemos establecer una relación entre ambos, eso está claro —puntualizó el comisario.

—Pero en el escenario del asesinato de la directora de Hacienda había una cosa bastante extraña: esas pintadas de sangre.

—Habrá que hablar con el grupo que lleva ese caso para ver qué saben. Ahora parece que se ha convertido en uno solo. Yo me encargo —dijo el jefe— esto va a suponer un conflicto de intereses, lo sabemos todos, estamos en una situación delicada. Ellos iniciaron la investigación antes y por esa regla deberíamos de pasarles toda la información que tenemos y dejarles que sigan ellos. Nosotros coger otro caso y quitarnos de en medio; pero convendréis conmigo que este caso nos toca de lleno por estar implicado, aunque sea emocionalmente, uno de los nuestros. Por esa razón voy a pedirles que hagan una excepción y nos dejen continuar a nosotros. De momento seguid investigando con normalidad. ¿Qué pasos vais a dar ahora?

—Pues seguiremos con las personas con las que se entrevistó Anna antes de morir. Yo estaba pensando en la relación que ayer establecimos con «Nuevo Edén». Creo que nuestro próximo paso debería de ser ir a sus oficinas a ver qué les podemos sacar.

Mientras Ioar explicaba sus planes, Lola se había conectado a la base de datos de la policía en busca de información que les pudiera ser valiosa. Y como siempre les demostró lo valiosa que era ella.

—«Nuevo Edén», «Asociación filosófica y de pensamiento», «Cobijo intelectual para mentes inquietas». O sea, una secta. Pero hay una cosa curiosa. Entre sus socios protectores, que se cuentan por docenas, hay personajes realmente importantes. Fijaos: Diego Beltrán, constructor y dueño de la mayor corporación del ramo no solo en el País Vasco sino en toda España. Miguel Franco Díaz, político, vicepresidente del partido conservador, y aquí también está su opositor Carlos Calderón. Qué curioso, ¿no? La lista la completan como os digo, un buen número de personas adineradas y con poder. ¿Qué se traerán entre manos estos cabrones? ¿Qué les impulsa a dar dinero a unos farsantes? ¡Oh, no puede ser! ¡Mira lo que pone aquí! —los ojos grises de Lola se abrieron como dos resortes— No puede ser... Me...Me...Meritxell Uría. En la página web había una reseña expresando las condolencias de la «asociación» por la muerte de la directora de Hacienda.

—¡No! —le contestó Yoel sorprendido.

—¿Qué? —exclamó Goyo a la vez.

—Meritxell Uría era benefactora de «Nuevo Edén». ¡Esto se está poniendo cada vez más emocionante!

—Y, ¿qué hicieron?, ¿matar a alguien que les donaba veinte mil euros al año? —esta vez fue Sara quien preguntó.

—El gurú de «Nuevo Edén» se llama Joshua Ben Joseph. —Lola seguía con su búsqueda en la base.

—¡Pues nada, sin dudarlo, Ioar y Lomoviejo, id a investigar a ese «Jesucristo moderno» y tiradle bien de la lengua! —ordenó el comisario.

En la Gran Vía, a la altura del número dieciséis, frente a los grandes almacenes hay un rascacielos propiedad de la «sociedad de Ben Joseph». En la sexta planta está su despacho.

Las oficinas de «Nuevo Edén», no solo son ostentosas, yo diría más, son lujosas; eso sí, de las paredes colgaban cuadros de Shiva y paisajes oníricos con frases de Krisnamurti: «La sabiduría no ejerce ninguna autoridad, y aquellos que ejercen la autoridad, no son sabios». Olía a incienso y tras un mostrador de mármol la chica florero vestida de hippie de salón atiende las visitas.

—Buenos días, bienvenidos a «Nuevo Edén» asociación filosófica y de pensamiento, ¿en qué puedo servirles?

—Queríamos hablar con el señor Joshua Ben Joseph. —le contestó Goyo.

—El señor Ben Joseph no recibe. Las sesiones de la Luz al pueblo del «Nuevo Edén» se realizan todos los lunes, viernes y domingo.

—Perdone —soltó poniendo la placa sobre el mostrador—, le hemos dicho que queremos hablar con el señor Joseph, así que ya le está avisando.

La muchacha de detrás del mostrador dudó un momento y alcanzó el teléfono móvil, levantándose mientras se alejaba un poco, poniendo cara de asco. Ioar miraba alelado su trasero. Pasados unos minutos, volvió y les dijo:

—Acompáñenme, por favor.

Cogieron el ascensor hasta el sexto piso. La siguieron por la moqueta de un pasillo jalonado por tapices de corte hindú, espejos y frases inspiradoras serigrafiadas en las paredes, hasta aquella puerta grande y maciza, de roble probablemente, que días atrás también había franqueado Agatha Miller. La azafata abrió la puerta, se disculpó, y después la cerró quedándose fuera.

—Buenos días señor Ben Joseph, somos los detectives Lomoviejo y Yoel, estamos investigando el asesinato de la periodista Agatha Miller y tenemos razones de que alguien de su organización podría estar implicado. —Ioar empezó a la carga y el señor Ben Joseph puso cara seria. Sus rasgos eran suaves y su rostro blanco no se correspondía con el aspecto que uno podía barruntar al escuchar su nombre.

—No sé de qué me están ustedes hablando ni cómo han llegado a esa conclusión. Supongo que tendrán pruebas para sostener dicha acusación. —Su acento también se adivinaba como fingido.

—Perdónenos, pero no le estamos acusando a usted de nada, no se ofenda pero tenemos pruebas…

—Yo le digo —interrumpió visiblemente alterado— que «Nuevo Edén» es una asociación legal que desarrolla una actividad lícita y altruista, ayuda a personas sin recursos y ofrece cobijo filosófico a personas hartas de la superficialidad de la sociedad en la que vivimos. Tenemos entre nuestros benefactores a personas importantes de la comunidad como…

—No es necesario que me suelte el discursito, ahórreselo. —Esta vez fue Ioar quién le interrumpió—. En la grabación de una de las cámaras de seguridad de nuestra comisaría, ubicada en una calle adyacente al escenario del crimen, se ve pasar una furgoneta Mercedes Sprint propiedad de su «organización».

—Si no se le ve cometer una infracción de tráfico creo que no tienen nada. —Se levantó indicándoles con el dedo hacia la puerta—. Y por favor, si nos van a acusar de algo, háganlo con pruebas. Si no les importa…

—No tan rápido. ¿Sabe lo que pienso?, pienso que usted sabe mucho más de lo que dice; es más, creo que está metido hasta las cejas y nosotros lo vamos a demostrar. —Goyo tomó parte y pasó a la carga.

—¡Por favor dejen ya de insultarme!

—Tenemos un testigo que está dispuesto a declarar que vio el asesinato, la furgoneta en el escenario y además —antes de decir esto último Ioar afinó los sentidos para atender al lenguaje corporal de Joseph—. Este testigo le vio el rostro a la a-se-si-na —su expresividad era clara, pero no decía lo que el detective esperaba, ni mucho menos.

—Efectivamente, tenemos una furgoneta de ese modelo, en realidad tenemos dos. Colaboraré en todo lo que haga falta para demostrar el buen hacer de «Nuevo Edén». ¿Qué necesitan?

—Necesitamos ver esa furgoneta y... —lo siguiente lo solicitó solo por joder—, los papeles, la factura, seguro y toda la documentación que tenga de ella.

—No hay problema. Les facilitaré una carpeta con copias de toda la documentación que tenemos sobre dicho automóvil, papeles, seguro y un listado de sus salidas y encargos del último año actualizado a día de ayer. Lo enviaré por email a la comisaría.

—También le mandaremos un par de técnicos para que echen una ojeada a la furgoneta, serán discretos.

—Lo que ustedes quieran —dijo con desdén.

—Otra cosa tengo que pedirle señor Joseph, no abandone la ciudad por favor.

—Pero tengo una convención en Barcelona la semana que viene y algún seminario proyectado, mi agenda está muy apretada.

—Bueno, pues no lo haga sin avisar. Aquí tiene mi tarjeta, no se olvide por la cuenta que le trae.

—Así será, si usted lo quiere —soltó mientras les abría la puerta.

Caminaron por el pasillo hacia el ascensor.

—Algo me dice que este tío no tiene nada que ver con el asesinato de Anna —Goyo rompió el silencio.

—Uhm no sé... —Ioar reconoció que le había dado la misma impresión. ¿Este tío no se enteraba de lo que pasaba en su casa? ¿Se estaban pasando haciendo conjeturas?

Llegó el ascensor, entraron, descendieron y salieron en el vestíbulo, se dirigieron hacia la puerta, pasando por delante de la secretaria, que se hizo la despistada con unos papeles para no decirles adiós.

9

Bilbao, 2 de enero de 2015

—¡Muerta, está muerta! —Agatha no pudo reprimir aquella expresión de sorpresa que le salió desde lo más hondo, al leer la noticia en el periódico de la mañana. Algunos de los pasajeros del avión que más cerca de ella se encontraban, dirigieron sus miradas en dirección a su asiento. No podía dar crédito a lo que estaba leyendo; le tembló la mano justo cuando iba a pegarle un sorbo al café solo que se estaba tomando y se manchó la camiseta de New York con una imagen del Fuller building. ¡No habían pasado noventa y dos horas desde la entrevista con Meritxell Uría y la directora de Hacienda de la Diputación Foral había aparecido muerta en su apartamento de Laredo!

Todo apuntaba a un asesinato, decía el diario: «Según ha indicado el intendente de la policía autonómica, Mikel Etxenike, el cadáver ha sido hallado sobre las nueve de la noche por una mujer del servicio que ha avisado inmediatamente a la policía. Personándose allí un equipo forense, solo ha podido certificar su muerte por arma de fuego. Las mismas fuentes han indicado que en la pared del dormitorio donde ha sido encontrada muerta Meritxell Uría, han escrito con la sangre de la víctima un versículo de la *Biblia* (Revelación 9:11): «Tienen sobre ellas un rey, el ángel del abismo. En hebreo su nombre es Abaddon, pero en griego tiene el nombre de Opilión».

La cara de Agatha era un poema, agarró con fuerza el periódico, arrugándolo, volvió a leer la noticia y sacó su grabadora: «Dos de enero, jueves. Volando de Heathrow hacia Loiu. Leo en el periódico la muerte de Meritxell Uría y se me plantean varias incógnitas: ¿Sería acaso como consecuencia de mi entrevista y sus revelaciones? Yo creo que sí, pero entonces, ¿cómo se han enterado, si en tal reunión solo estábamos nosotras? ¿O acaso habría más de lo que me contó? A mí me pareció sincera y derrotada. Nunca se sabe. Estudiar el versículo de la biblia aparecido en el chalet de Meritxell».

El avión ya había tomado tierra, echó un vistazo en el vestíbulo del aeropuerto y cómo no, vio a Julen, cogió un taxi hasta la puerta de casa. No le apetecía ducharse, no quería quedarse mucho rato encerrada. Se puso unas deportivas y un chándal. Salió a la calle con intención de pasar el día fuera, tratando de digerir el nuevo rumbo que habían tomado los acontecimientos. Había resuelto dar un paseo por la ciudad para aclarar las ideas. O mejor; hacía mucho que no cogía el coche. Iría a San Juan de Gaztelugatxe; era un lugar bello y tranquilo que le podía reportar un poco de sosiego. Aquí la trajo en su primera cita Julen y fue aquí donde le susurró bellas palabras, que con el tiempo se las llevó la brisa del Cantábrico y quién sabe si no se soñó a sí misma vestida de blanco, ascendiendo los escalones que dan acceso a la ermita.

Eneperi es un rincón situado en una pequeña loma sobre el mar en el término municipal de Bermeo desde donde se divisa la citada ermita en la isla a la que da nombre. Llegó al restaurante-cervecería situado en aquel lugar sobre las doce y diez del mediodía, pidió una cerveza y se sentó en la terraza mirando al mar. Sus ojos estaban clavados en el ir y venir, suave aquella mañana, del Cantábrico. Pero su mente volaba más allá probablemente de la mismísima línea del horizonte. Su rostro delataba que el nivel de miedo en su interior había crecido exponencialmente a partir de aquella mañana. Como si el fantasma de Meritxell

Uría le susurrara al oído aquellas pintadas. ¿Eran un mensaje? Obviamente, sí. ¿Qué tendría que ver en el asesinato «Nuevo Edén»? ¿Cómo enterarse de ello?

Seguramente Luar no habría hecho demasiadas preguntas en el caso de que Agatha le cuestionara por la posibilidad de acceder a un ordenador sin permiso, extremo que era abiertamente ilegal, lo sabía, pero se decía a sí misma: «el fin justifica los medios». Le explicaría todo lo necesario sin rechistar y con pelos y señales. «Ten mucho cuidado» habría dicho únicamente, pero ya no estaba dispuesta a involucrarla más, así que se puso a buscar por la red de redes y es sorprendente lo que se puede aprender. Hay vídeos para todos los gustos y este tema en concreto no está nada mal documentado. Visualizó una nada desdeñable cantidad de vídeos y leyó algunos tutoriales. Pasó todo el mediodía así, alternando vídeos, tutoriales y cerveza, de pronto se acordó de alguien. Sacó su smartphone, tenía una aplicación para gestionar notas, en la cual almacenaba toda la información que le resultaba útil, luego la organizaba por carpetas. Además, al tenerla sincronizada en la nube, podía acceder a su información desde cualquier ordenador en cualquier lugar del mundo. Buscó la carpeta «Listado telefónico» y allí, por orden alfabético, llegó hasta «Padre Francisco Esnaider». Marcó el número y la conocida voz con un clásico acento argentino de esos que uno que ha crecido en La Boca no pierde nunca, contestó cuando solo había dado dos tonos; como si estuviera esperando la llamada.

¡Aló! Padre Francisco Esnaider al aparato, ¡dígame! —hablaron por espacio de unos cinco minutos y quedaron para el día siguiente. Agatha lo visitaría en Urnieta donde el padre salesiano vivía.

La señorita Miller preguntó en la cafetería por una pensión cercana y el camarero le dio la dirección de una en Bermeo.

—Es un primo mío, dígale que va de parte nuestra. «Estará usted como en casa» —le dijo, y así fue. Fueron muy hospitalarios con ella. Pero ella no pegó ni ojo en toda la noche. Ya se sabe que la oscuridad agranda las sombras…

Estoy seguro de que por la cabeza de Agatha aquella noche pasaron: Julen que, solo la llamaba para follar; su madre y Fiona; Luar, a la que quizá estaría poniendo en peligro, y Ioar en Madrid…

Pero la periodista aún no era consciente de dónde se estaba metiendo. Se había tomado un día de exilio y mañana tendría que volver. El día siguiente también lo pasaría fuera de Bilbao, y a la vuelta, lo mejor que le podía pasar a Agatha era que las aguas se hubieran calmado un poco.

10

Bilbao, 14 de enero de 2015 (parte uno)

A veces sucede, esas mañanas que sales de casa con la hora pegada al culo y parece que no llegas, aceleras y al final estás más pronto que nunca en el trabajo. Eso le sucedió aquel martes al detective Yoel. Miró el reloj, sudoroso, al cruzar la puerta de la comisaría, constatando que eran las nueve menos diez. Saludó al agente de guardia con la lengua en los pies y comentaron algo sobre el partido del Bilbao Basket. Entró en el ascensor. Cuando la puerta se abrió en el segundo piso le inundó ese olor tan característico de aquel lugar. Sí. La comisaría huele a café, siempre hay alguna Melitta borboteando el fin de su cometido, la infusión lista para levantar el ánimo al más obstinado policía sin importar las horas que lleve sin dormir, con la nariz metida entre informes y pistas. Por no hablar del expreso del office...

El comisario no tiene buena cara. O no ha dormido bien esta noche o tiene tal acumulación de cansancio, que le está empezando a pasar factura; lo de cogerse vacaciones no es para él, a lo más algún día libre de pascuas a ramos. Abordó a Ioar cuando aún no había terminado de salir del ascensor.

—¡Buenos días jefe!

—¡Buenos días Ioar! Llegas pronto.

—Bueno ya sabe, el amor al trabajo…

—Je, je. Un poco de humor para empezar la jornada no te vendrá mal. Lo digo porque hoy tenemos una entrevista especial. Ayer por la tarde, a última hora me llamó Julen Goikoetxea. Nosotros le habíamos citado tras el asesinato, pero nos pidió algo de tiempo para reponerse, anoche me dijo que ya estaba listo.

—¡Será cabrón!, Anna no habló nunca de él. ¡Seguro que no la hacía ni puto caso! Y solo la quería para afilar el lapicero.

—Eso son cosas de ellos que a nosotros no nos interesan —la mirada de Yoel se clava perpleja en la del comisario— pero como me imaginaba, estás demasiado involucrado emocionalmente así que esta entrevista la harán Goyo y Lola.

—Pero…

—¡No se hable más, es una orden!

En ese momento entra Lola por la puerta, el sonido de sus tacones es inconfundible; siempre es el preludio de su espectacular aparición. Cincuenta años colmados de belleza felina de la cabeza a los pies. Como el buen vino mejorando con el paso del tiempo. Y esa serenidad de quien ya dejó atrás todo atisbo de mocedad. Sus grandes ojos les dan los buenos días.

—¡Hola comisario!, ¡buenos días, Ioar! ¿Qué tenemos para hoy?

—Pues mira —toma la iniciativa el comisario— de eso estamos hablando. Goyo y tú vais a entrevistar —entran Goyo y Sara en la oficina diáfana y se unen a la conversación—, a Julen Goikoetxea.

—Entendido. Goyo y yo. A ver qué nos puede contar. ¿A qué hora viene?

En ese momento entra un agente y comenta que Julen Goikoetxea está en la cámara Gesell.

—¿Pero cómo no le habéis llevado a la sala de estar de la primera planta? —grita el comisario.

—Está el intendente Etxenike con unos hombres —susurra el agente, poniéndose la mano a un costado de la boca.

—¿Etxenike? Bueno, no importa, así podremos ver la entrevista a través del cristal unidireccional. ¡Ponedle un café o algo!

—Ya está hecho jefe —dice el agente y se larga.

A Goyo, al contrario que a Ioar, se le ve emocionado. Iba a conocer a uno de los ídolos de la adolescencia. Y aunque sea en estas «condiciones excepcionales», era motivo más que suficiente para ensalzar su forofismo.

—Aún lo recuerdo elevándose entre cuatro defensas de la Real y conectando aquel cabezazo que fue a parar al fondo de la portería. ¡Fue un momento mágico, la emoción contenida durante tanto tiempo se desbordó y la gente estalló! ¡Éramos campeones!

—Vale, vale, pero no se te ocurra pedirle un autógrafo en el interrogatorio, si lo quieres, esperas a que acabemos. ¡Que te conozco!

Goyo le dedica a Lola una sonrisa pícara.

—Hola señor Goikoetxea, somos los detectives Lomoviejo y Pedraza. Es un honor conocerle aunque las circunstancias no sean las más idóneas. ¿Cómo está usted? Bueno… perdóneme, la pregunta sobra. —A través del espejo observan la escena el comisario Benavente, Sara y Yoel.

—Puede estar tranquilo, me voy haciendo a la idea poco a poco, pero, ¡es tan duro!, el día de su muerte estuvimos comiendo juntos, yo me marché antes que ella —sus ojos se impregnaron de lágrimas— y después… —en este momento rompió abiertamente a llorar.

—«Lágrimas de cocodrilo» —murmura Ioar— ¡Vaya teatro tiene el tío! —se le escapa seguidamente en voz alta.

—Mira Ioar —el jefe pone esa cara que solo pone cuando está de mala hostia—, si no te vas a centrar es mejor que te vayas a tu casa, ¿entendido? Todos sabemos que era tu amiga y todo eso, nos hacemos cargo, pero te recuerdo que fuiste tú y solamente tú quien se comprometió a seguir adelante así que se acabaron las chiquilladas, ¿vale? —la verdad es que el rapapolvo del jefe ha dejado a Yoel a la altura de la mierda delante de una novata. Su mandíbula está apretada y su mirada baja delata con claridad meridiana lo que pasa por su cabeza. Hace un gesto de dolor y se lleva la mano a la frente. Dentro de la sala de interrogatorios continúa la entrevista.

—Tranquilícese, Julen —Lola posa su mano sobre el hombre que guardaba el centro de la defensa de aquel gran equipo de principios de los años ochenta—. ¿Puedo tutearle? No es costumbre de la comisaría, al contrario, estoy segura que va contra las normas, pero dadas las circunstancias creo que no habrá inconveniente. ¿Quiere que le mande a un agente al bar de abajo a buscarle un trago? Lo que a usted le guste.

—No gracias. Un agente me ha dado un café y apenas bebo alcohol, en la comida bebimos una botella de albariño —otra vez las lágrimas brotaban de sus grandes ojos azules—. Por cierto, pueden tutearme, agentes.

—¡Detectives, somos detectives hosti...! —Goyo frunce el ceño un segundo, pero enseguida recuerda a quién tiene enfrente y la tormenta en ciernes amaina—. Ahora cuéntanos, ¿sabes algo que pueda ayudarnos a resolver el asesinato de Anna?

—Como ya os he contado, Anna y yo teníamos una relación que duraba muchos años, no la llevábamos en secreto pero tampoco la habíamos hecho pública nunca, ella siempre ha querido más pero yo no, no quería traicionarla y es que yo no soy hombre de una sola mujer, no puedo; a veces me iba con alguna jovencita que conocía por ahí y otras veces contrataba directamente los servicios de alguna prostituta. Nunca lo hablamos pero yo creo que ella lo sabía... En cualquier caso Anna era el centro, las otras eran caprichos.

—¡Será capullo!

—¡Detective Yoel!

—¡Vamos hombre jefe, no me joda! ¿Es que no le hierve la sangre? ¡Es un hijo de puta! ¿No lo ve?

—¡Lo que veo es que su vida sexual me importa un pimiento!, ¡veo que ha venido por su propio pie a declarar! Y, ¡veo que usted está empezando a perder el norte de la investigación! ¡Y sepa que este es mi último aviso!

—¿Sabes si había alguien que pudiera querer hacerla daño, o la oíste comentar algo que pudiera hacerte pensar que estaba en peligro? —mientras Yoel hace escupir bilis al comisario, dentro siguen con la declaración de Goikoetxea.

—Hace poco Anna estuvo en Londres, creo que quería escribir un artículo sobre algo que sucedía en el distrito financiero; evasión de capitales, supongo. Cuando volvió, estaba muy excitada, nerviosa y luego está lo de la agresión.

—¿Agresión?

—Sí, agresión. Anna tenía por costumbre hacer las compras en el casco viejo, sobre todo en el mercado de la Ribera. Aquel mediodía volvía por San Nicolás y notó que alguien la seguía, entró en la travesía Estufa y allí la abordaron dos fulanos. Ella me contó que le dijeron, cuchillo en mano, que no se metiera donde no la llamaban y le dieron un par de hostias bien dadas. Yo le pedí que lo dejara pero está claro que lo hice demasiado tarde…

—¿Y no le dijo nada, alguna descripción, algo? —pregunta Lola.

—Me dijo que no les vio la cara, todo fue muy rápido…

—Perdone señor Goikoetxea, dice que la noche que durmió en su casa, no se enfade esto es algo que tengo que preguntar. ¿Mantuvieron relaciones sexuales aquella noche?

—Sí —dice torneando los ojos hacia el suelo.

—¿Usaron preservativo?

—No, no era necesario. Soy estéril.

—¡«El semental estéril», tiene gracia!

95

—Le vamos a pedir, si usted no tiene inconveniente, una muestra de ADN.

—ADN, pero…

—No se preocupe —le calma Lola—. Es porque hemos encontrado restos de esperma en el cuerpo de Anna. Lo más lógico es que sea suyo pero tenemos que descartar la violación y además si no fuese suyo, tendríamos una muestra de ADN de un sospechoso. No es mucho, pero menos es nada.

—¿Alguna cosa más que añadir? —pregunta Goyo.

—Bueno, fue una noche increíble, la cena, la conversación, el sexo… jugamos a que la ataba a la cabecera de la cama, ¡fue alucinante! Y al día siguiente estaba muerta… —solloza Julen Goikoetxea con aparente dolor.

—¡Mierda, esto ya es demasiado! —Ioar sale del cuarto hacia la oficina diáfana, el comisario le sigue con la mirada en silencio. Cuando llega al ascensor, éste está ocupado.

—¡Mierda! —Yoel golpea la puerta y se vuelve hacia el grupo de trabajo. En el camino se cruza con Lomoviejo y con… Goikoetxea. Le mira con cara de asco pero el exfutbolista no repara en él.

—¡Ah! Ioar, estás ahí, vamos a reunirnos a ver qué conclusiones sacamos. —Han pasado diez minutos desde la marcha de Goikoetxea y Goyo le hace una seña a Ioar para que se acerque a la mesa de trabajo en la que están los tres detectives sentados, el jefe apoyado sobre la mesa. Café para todos.

—Aunque alguno desaprobemos la actitud del señor Goikoetxea —comienza el comisario Benavente, mirando directamente a Ioar con una expresión para nada amigable— podemos convenir que no parece estar implicado para nada. Ha venido por propia voluntad y tiene una buena coartada.

—¡Coartada!, ¿qué coartada? —pregunta Yoel en tono irritado—. ¿Me he perdido algo?

—Pues resulta que sí —contesta el comisario en un tono aún más irritado que la anterior mirada—. Cuando te largaste de mala hostia dando un portazo, Julen Goikoetxea dijo que a la hora de la muerte de Anna estaba en una gala benéfica en el Hotel Carlton que se alargó hasta el alba. De hecho ha declarado, y hemos comprobado la veracidad de dicha afirmación, que durmió en el hotel. ¡Zas en toda la boca! —Ioar Yoel había vuelto a meter la pata otra vez, su cara refleja la vergüenza que siente en ese momento. Por suerte Goyo estaba al quite y toma partido en la conversación.

—Vamos a ver, yo he visto dos cosas interesantes en la entrevista. Está por un lado el tema del esperma, sí. Pero ha dicho otra cosa más importante a mi juicio.

—¿El qué? —pregunta ávida de saber Sara.

—Fijaos, casi sin querer, Julen nos ha contado que pasó un deliciosa noche con Anna y que en el fragor del acto la ató por las muñecas.

—¡Claro! —exclama—. Rebeca nos dijo que tenía marcas en las muñecas pero que parecían bastante anteriores a la hora de la muerte. Nosotros habíamos pensado en un secuestro más largo, un día quizá, pero todo pasó muy rápido. Anna solo estuvo desaparecida unas ocho horas más o menos.

—Estábamos viéndolo desde un ángulo equivocado. Fue un secuestro exprés —exclama ahora Lola.

—Bueno, creo que todos nos hemos ganado la comida —sentencia el jefe—, así que, nos vemos por la tarde. ¡Y tu Ioar, a ver si te tranquilizas de una puta vez!

En «El Quijote»…

No deja de tener su gracia; un poli comiendo un bocadillo de fiambre, eso es lo que le gustaba al tonto de Ioar, ¡carne cruda! Siempre que se quedaban a comer en el trabajo lo hacían allí, estaban a gusto, un lugar propio fuera de la comisaría, un lugar en el que hablar. Cuando comían en «El Quijote» siempre empezaban el trabajo de por la tarde antes; a las cuatro menos diez ya estaban sentados alrededor de la mesa Ioar, Lola y Sara, en las tres sillas que tenían. Goyo sobre una esquina de la mesa. En esto entró el jefe, el comisario Benavente. Venía acompañado de una mujer de unos veintitantos años. Era menuda y atractiva, ojos rasgados y negros. Esgrimía una expresión que se podría definir como «una sonrisa preocupada».

—Les presento a la señorita Takese; ella compartía piso con Agatha y dice tener algo para nosotros, pero insiste en hablar contigo Ioar, dice que trae órdenes de la mismísima Anna. —Al pronunciarse esta frase se hicieron unos segundos casi imperceptibles de silencio entre ellos; como si tres puntos suspensivos flotaran en el ambiente.

—Hola señorita Takese, ¿en qué puedo ayudarle?

—¿Es usted el señor Ioar Yoel? —preguntó con un acento que nada tenía que ver con su aspecto oriental.

—Efectivamente, soy el detective Ioar Yoel. ¿Puedo tutearle?

—Por supuesto mi nombre es Luar Takese y fui amiga de Anna.

—Luar, ¡qué nombre más bonito! ¿Es asturiano? —cuestionó con la intención de ganarse su confianza.

—No —dijo—, es gallego y significa «Luz de luna».

«Como la serie de Bruce Willis y Cybill Shepherd»— estuvo a punto de decir, pero esta vez consiguió morderse la lengua y no quedar como un gilipollas.

—¡Tome! —le dijo acercándole un libro ajena a sus pensamientos—. Ella me dijo que si algo llegara a sucederle debía de entregarle este libro a usted, porque según ella es usted el mejor policía de la ciudad y que sabría encontrar el sentido al mensaje, así que aquí lo tiene.

Era un ejemplar de *Estudio en escarlata* de sir Arthur Conan Doyle, aquel en el que el doctor Watson conoce a Sherlock Holmes a su vuelta de la guerra y tras pasar el tifus. Ioar y Anna habían hablado largo y tendido sobre él. Lo conocían al dedillo. Era el primero de Sherlock Holmes que habían leído ambos.

Ioar se sintió estremecer. Anna se había hecho un hueco en la vida de aquel joven, que escapaba de los fantasmas del pasado.

Mientras echaba una ojeada por dentro al libro comprendía que Anna se había convertido en una amiga, una persona que había elevado el gusto por la lectura en una auténtica pasión y que ahora se había ido para siempre... En una primera vista no encontró nada que le ayudara a saber por dónde empezar. Lo cerró y le dijo a la señorita Takese que le gustaría hablar con ella y que si no tendría inconveniente en dedicarle unos minutos. Como no lo tuvo la condujo a un despacho que la policía tiene en el piso primero del edificio —el que a la mañana tenía ocupado el señor Etxenike—, era una especie de sala de estar, que se usaba para recibir visitas y para, como era el caso, alguna reunión informal. Hablaron de Anna, de sus costumbres y de sus manías, nada extraordinario, cosas de andar por casa: era muy limpia, por la mañana no se podía hablar con ella hasta que se tomaba un café, que leía novelas de policías y cosas por el estilo.

—¿Le notó usted algún comportamiento extraño últimamente?

—Está claro que los últimos días estaba más que nerviosa y excitada. Me dijo anteayer por la mañana, mientras desayunábamos, que estaba cerca de algo gordo y que lo iba a hacer público en unos días. Que solo le faltaba algún detalle y que iba a ser la hostia. También estuvieron unos hombres merodeando la casa algún tiempo y la atacaron dos veces, una en el garaje. Un día nos entraron a robar en casa. No se llevaron más que el ordenador de Anna y una agenda. ¡No sé qué habría en el disco duro!

—Pero nosotros trajimos un ordenador de su casa...

—Anna era muy lista, hacía copias de seguridad de sus archivos y las guardaba fuera de casa. Compró un ordenador nuevo y restableció los archivos. ¡Ahora que lo pienso, no pareció importarle mucho el robo! ¿Es verdad que eran tan amigos como decía Anna?

—¿Ella lo decía?

—Últimamente solo hablaba de usted, de que tenían una cita y que usted... Bueno mejor dejarlo.

—No, dígame por favor.

—Bueno, ella, como supongo que ya se habrá enterado, tenía pareja y llevaba muchos años con él. Pero la utilizaba, era un egoísta y la utilizaba. Con usted era todo distinto.

—Pero...

—Ella lo veía y estaba a punto de tirarse a la piscina. Si no habría estado metida en todo este asunto, estoy segura de que lo habría hecho antes.

Y así estuvieron poniéndose ñoños un buen rato. Luar marchó a su casa, Ioar se quedó allí con el alma destrozada y lleno de preguntas que no podía contestar nadie. Dejó que sus pasos le llevaran al «Trampas». Allí volvió a escuchar las fantasías de Toni y volvió a cultivar aquel abismo de alcohol contra el que tanto había luchado en vano. Al final siempre recurría a curar con vinagre las heridas.

—Ponme otro trago —pero esa noche paró antes de que fuera demasiado tarde y se fue a casa, donde estuvo dándole vueltas al libro que le había entregado Luar Takese en nombre de Anna. Hay veces en las que sin avisar se nos enciende una luz que nos aclara para siempre las cosas y parece como si diéramos un paso trascendental hacia delante. Esa noche Ioar experimentó justamente eso.

11
Bilbao, 3 de enero de 2015

Miró el reloj, eran las siete pasadas. Se levantó y se dio una ducha. No tenía más ropa que la que llevaba puesta. Este exilio no había sido premeditado así que había «dormido» en ropa de calle, se puso la misma muda tras la ducha y salió a la calle. Paseó un poco por el pueblo hasta que encontró un bar abierto. Era una pequeña tasca en el puerto en la que olía a salitre. Le atendió una chica que no tendría más de dieciséis o diecisiete años, le hizo un café que estaba realmente bueno. Ojeó la prensa; decían que según «fuentes de toda solvencia» Meritxell Uría se había aprovechado de su cargo para favorecer a personas influyentes y que estaba metida en asuntos turbios. Decía también que todo parecía un ajuste de cuentas. Apuró el café y pagó. No tenía costumbre pero le dejó la vuelta de dos euros para el bote. Volvió a la pensión, los dueños ya se habían levantado. Pidió la cuenta y se despidió. Le esperaba una hora y media de coche. Había quedado con el padre Esnaider a ciento veintiocho kilómetros de allí y no había pegado ojo en toda la noche.

La verdad es que si quería saber algo sobre la *Biblia* el mejor camino era el padre Francisco Esnaider, un cura salesiano que nació en Buenos Aires y creció en la plaza de la Independencia

101

al abrigo de la iglesia del Inmaculado Corazón. Con apenas diecinueve años el joven Francisco saltó el charco y fue a caer en Bilbao. Él siempre había oído hablar de la facultad de teología de la universidad de Deusto. En mil novecientos setenta y ocho empezó la carrera en el edificio que la universidad tenía en Artxanda, dos años más tarde la facultad —que quedaba un tanto alejada— se incorporó al campus de la avenida de las Universidades. Al acabar la carrera, el padre Francisco estudió interpretación de los textos sagrados e historia de la *Biblia*, en mil novecientos noventa se ordenó sacerdote en el colegio que la congregación de Juan Bosco tiene en Urnieta (Gipuzkoa). Es uno de los tres únicos practicantes de exorcismos que el Vaticano reconoce en Europa, razón ésta por la que Agatha Miller le entrevistó hace unos años para el único artículo que le publicó *The Guardian*. Pero era en su condición de experto en hermenéutica bíblica donde la periodista pensaba que podría ayudarle.

Habían quedado en el parque Lourdes Iriondo. Hacía una mañana fresca y húmeda, no llovió pero a punto estuvo. Era una pequeña plazoleta, apenas acondicionada con tres bancos en forma de triángulo, al refugio de una pareja de falsos plátanos. Cuando llegó cinco minutos antes de la hora, allí estaba ya con su sotana negra y su franca sonrisa, le tendió la mano y saludó.

—Buenos días señorita Young, encantado de volver a verla.

—Hola padre. ¿Cómo está? Yo también me alegro de verle. ¿Cómo le va?

—Bien, bueno cada vez más viejo pero aquí casi hago vida de jubilado, solo me dedico al jardín y a mis libros. El cáncer de pulmón me llevará pronto con el Señor. Pero dígame, ¿qué se le ofrece?

—Como le comenté por teléfono, padre, en la casa de la directora de Hacienda, asesinada hace dos días, apareció escrito con su propia sangre el versículo 9:11 del *Apocalipsis* y la verdad es que da un poco de miedo. Usted, como experto en la *Biblia,* ¿qué opina?

El sacerdote hizo un gesto como de dolor, como si le hubiese dado un agudo pinchazo en lo más profundo, quizá en el alma, y luego sosegadamente dijo:

—Abaddon es un siervo de Dios, guardián de las llaves del Seol, el abismo más grande. Algunos lo han relacionado con Satanás ya que su nombre hebreo significa el destructor; la forma en que ha sido reproducido en el arte tradicional también ha contribuido a fomentar esta idea. Pero según una racional comprensión, de las pocas veces que es citado en las sagradas escrituras se puede afirmar que es un ángel al servicio del todo-poderoso.

—Pero a mí todo esto me suena a mística y leyenda.

—Y así es; no podemos tomar los textos de la *Biblia* al pie de la letra ya que, primero, están escritos hace muchos siglos, en clave idólatra y, además, han pasado por muchas manos, siendo estos manipulados según el interés del papa de turno. ¿Sabía usted que hay casi tantos textos apócrifos como reconocidos por el Vaticano?

—Pero usted ha consagrado su vida a estudiar la *Biblia...*

—Eso entra dentro del terreno de lo inescrutable del alma de cada persona. Quizá sea una contradicción que yo no crea más allá de lo que la razón humana me dicta, pero mi alma busca respuestas; como es normal a esta incertidumbre de que nada tiene sentido y que el caos nos rige. La fe llena los huecos que la ciencia no puede, pero la Iglesia nos pide que creamos sin fisuras para mantener su poder.

—Dígame, ¿qué puede querer decir quien escribió con la sangre de Meritxell Uría el versículo de marras?

—Es todo parte de ese intento por mantener el poder.

—¿Me está usted diciendo que detrás de todo esto está el Vaticano?

—No. ¡Por Dios! El Vaticano no, pero los integrismos no solo son cosa de musulmanes. La religión católica también los tiene. ¡Y muy peligrosos!

—Me está usted metiendo el miedo en el cuerpo, padre Francisco...

—Pues solo es el comienzo. Todo empieza en el siglo XIX y seguramente en la figura de Juan de Cavia González, obispo de Osma. Por aquel entonces reinaba en España Fernando VII, rey demasiado liberal y afrancesado para los intereses de la Iglesia. El quince de julio de mil ochocientos treinta y cuatro se proclama el edicto que pone fin definitivo a la Santa Inquisición. Algunos sectores del fanatismo religioso, entre ellos el citado obispo, parece que no lo encajaron bien. Aunque no se ha podido probar su existencia, en aquel contexto se dieron una serie de acontecimientos; mayormente ajusticiamientos y quema de inmuebles que fueron achacados a una nueva organización: «Abaddon, el ángel exterminador».

—Espere un segundo padre, ese apellido, De Cavia, me suena de algo, no sé. En algún lugar lo he oído.

—Como te he dicho fue obispo de Osma, fanático apostólico, absolutista y afecto a Carlos María Isidro como sucesor de Fernando VII.

—Pero eso sucedió hace ciento ochenta años nada menos...

—Entonces surgió esta organización cuya existencia, que bajo mi punto de vista y fruto de arduos estudios, ha sido silenciada por la jerarquía de Roma. Su objetivo era restaurar la Inquisición y echar a Fernando VII; mientras eso ocurría, se tomaban la justicia por su mano. Bien; pues tomaron como referencia el papel de Abaddon en la simbología católica y lo usaron como justificación a sus crímenes.

—Pero yo sigo sin ver la relación...

—Todos los muertos a manos de esta banda de criminales tenían una característica común. En todos los casos se escribió junto a los cadáveres, usando como tinta la sangre del muerto mezclada con vino; en clara referencia a la sangre de Cristo, el versículo por el que hoy has venido a preguntar.

—¿Han vuelto? —el rostro de Agatha se turbó como si un gélido escalofrío le hubiera recorrido de arriba hacia abajo y viceversa.

El padre Francisco miró en silencio a la periodista, de su expresión había desaparecido la sonrisa con la que la había recibido minutos antes.

—Todavía hay quien cree en el «¡Dios lo quiere!».

—¡Buff! —dijo la periodista con el rictus desencajado por el miedo. Un miedo que le acompañaría ya hasta el momento de su muerte.

—Creo que debería advertirle que si realmente esto es obra de alguien que dice proteger los «intereses del Creador», se está usted metiendo en un terreno muy peligroso y puede estar corriendo un peligro muy grande.

—Gracias padre Esnaider, procuraré tener cuidado, pero creo que ya estoy metida hasta las cejas.

Se despidieron. A ella le quedaban aún otros cien kilómetros por delante.

—«Con la Iglesia hemos topado» —dijo en voz alta, rompiendo el silencio en el interior del coche mientras conducía de vuelta a Bilbao—. Encendió la radio y puso una emisora musical. Necesitaba no pensar durante un rato. Algo que iba a ser imposible. Ni siquiera con la ayuda de Nat King Cole.

La investigación había dado un giro de trescientos sesenta grados, y si antes de hoy daba miedo, después de hablar con el padre Francisco le ponía la carne de gallina al más pintado. Atravesaba el túnel de Artxanda que da acceso a Bilbao y no conseguía relacionar con nada aquel nombre que le llevaba rondando la cabeza desde que lo oyó en los labios del padre Esnaider hace apenas un rato: Juan de Cavia González, y es que le sonaba mucho pero... Lo había oído recientemente en algún sitio.

¡Por fin estaba en casa! Se sentó en la sala de estar con la intención de poner orden en sus notas y para hacer el mismo —y con escasas variaciones, aparte de los nombres—, repaso de siempre: «Nuevo Edén», comedores sociales, Meritxell, el obispo de Osma, Abaddon; espera, el obispo de Osma... ¿Cómo se llamaba?, ese apellido ¡De Cavia!, ¡claro, qué tonta! ¡No podía ser casual, demasiada coincidencia! —se dijo a sí misma— Pero... ¿Qué tendrá que ver Abaddon con los comedores? Y, ¿será un legado familiar? Esta historia cada vez estaba más interesante, pero a su vez daba más miedo a cada momento.

Una de las grandes ventajas que tienen los periodistas es que, en virtud del trabajo que desarrollan a diario, con el paso de los años van tejiendo una tupida red de colaboradores e informadores, que vale su peso en oro. Y es de esta red de la que decidió tirar en este momento Agatha con el fin de saber algo más sobre mi persona. Al margen de esos contactos, ella por su lado hizo una búsqueda básica en internet sobre mí y la verdad no hay mucho —he sido siempre muy cuidadoso—, salvo una estúpida foto que me hicieron en una fiesta de borrachera, disfrazado de nazi y haciendo el saludo fascista, merced a la cual Agatha se hizo una idea bastante equivocada de mi persona... La foto estaba bastante borrosa ya que quien la hizo estaba bastante más borracho que yo. Nunca he tenido Facebook, ni twitter, nada de redes sociales, ni con mi nombre, ni con el seudónimo; ese mundo es demasiado indiscreto.

Sus fuentes, por su lado, la informaron de que mi nombre no es el que le di, sino un homenaje al fundador de Abaddon y mi afiliación a los Legionarios de Cristo, el Opus Dei, el Camino Neocatecumenal y el Schoenstatt. También descubrieron que tanto yo como mi esposa éramos voluntarios en «Nuevo Edén», que yo era chófer y ella secretaria de la asociación liderada por Joshua Ben Joseph.

Agatha anotó las coincidencias, algunas piezas le empezaban a encajar, se dispuso a cerrar su agenda pero la volvió a abrir y escribió: «No entiendo la relación entre Abaddon y "Nuevo Edén", "me rechina", ¿será para despistar?». Agatha se empezaba a acercar demasiado y servidor tenía que empezar a pensar en una solución, pero los planes de una nueva manifestación de Abaddon en forma de un ajusticiamiento de un enemigo de Cristo me tenían absorbido. La seguiría controlando, si cruzaba la raya roja era cuestión de apretar el gatillo y problema solucionado.

Después de la disolución de la sociedad constituida en los tiempos del colegio mayor y gracias a la cantidad de contactos que había hecho en el Opus, pasé algunos años en Roma en un edificio de la Vía di Villa Sachetti, adyacente a la sede central de «la Obra». Allí pasé nueve años y en la ciudad eterna cursé Magisterio. En 2001 volví a Bilbao, me establecí en Simón Bolívar frente al Cotton Club y muy cerca del Bidealde, el lugar donde todo empezó. En aquella época empecé a dar clases de religión en el colegio Gaztelueta y he permanecido en dicho centro ejerciendo la docencia hasta hace aproximadamente dos años y medio, al finalizar el curso. Ese verano —el de 2011— participé en unas convivencias cristianas en las que conocí a Lluvia Meralhes, una deliciosa jovencita de origen paulista, con no mucha sesera, muy mala baba y muy, muy cristiana y dispuesta a cualquier cosa por la causa, cualquiera. Una vez comprobé que Lluvia y un servidor perseguíamos intereses similares procedimos a la refundación de Abaddon. Con un matrimonio de conveniencia conseguimos su nacionalidad. Reclutamos a tres hombres a los que Lluvia —ya rebautizada como María—, no tuvo problemas en convencer y formamos así el grupo y comenzamos a trabajar. Poco a poco fuimos tejiendo la infraestructura, fijamos objetivos y un código interno. En este momento nos colocamos María y un servidor en «Nuevo Edén», ella tampoco tuvo dificultad para ganarse al necio de Joshua Ben Joseph. ¡Se creía alguien ese gilipollas!, le robamos todo el dinero que quisimos y su red de extorsión nos vino muy bien para favorecer nuestros intereses. A mediados del dos mil catorce por fin estábamos en condiciones de pasar a la fase operativa. El primer objetivo sería la directora de Hacienda, la elegimos porque además de ser atea, lesbiana y de ideales antimonárquicos, la red de extorsión del señor Ben Joseph la tenía controlada y eso nos facilitaba mucho el trabajo. Fue sencillo esperarla en su casa, asesinarla y luego preparar toda la parafernalia.

Luar Takese seguía con sus estudios, en Navidad apenas había podido ir a ver a sus padres para las dos cenas principales de las fiestas. Tenía un examen muy importante el día diez, pasaba más horas en la biblioteca que en casa y cuando estaba en el piso también estudiaba la mayor parte del tiempo.

Como no iba a tener compañía para comer, Agatha se hizo una pequeña ensalada de las de toda la vida: lechuga, cebolla y tomate, y un filete de ternera. Después reposó un poco en el sofá viendo las noticias y acumulando valor para hacer lo único que se le ocurrió: ir a preguntar por mí en «Nuevo Edén» y de paso iba a intentar camelarse un poco a la secretaria, ya que ahora sabía quién era —o eso creía— a ver si con un pequeño acercamiento conseguía algo de información.

A las cinco y diez atravesaba la puerta giratoria en la que días atrás se había cruzado con Meritxell Uría, a la cual no había conocido en aquel momento. Cruzó el vestíbulo con paso trémulo, hasta la recepción, donde estaba la secretaria; posó sus grandes y rasgados ojos negros en Agatha con desdén.

—¿Usted otra vez?

—Buenos días, veo que se acuerda de mí.

—Y de la publicidad que nos hizo en su último artículo sobre nosotros...

—Perdone si su organización quedó en mal lugar pero mi labor es contar las cosas al ciudadano.

—Sin aportar pruebas, son todo conjeturas.

—Es verdad que en aquel artículo había tirado más de opinión que de información contrastada, y por ello quiero pedirle disculpas, quizá me dejé llevar un poco por mis prejuicios...

La miró con recelo y dijo:

—Pero usted no ha venido aquí a pedir disculpas, ¿verdad?

—No solo a eso —contestó—, quería entrevistar a un chófer suyo.

—¿Un chófer?

—Sí, se llama Leandro De Cavia...

—No tenemos ningún chófer con ese nombre. —Su expresión delataba a la vez sorpresa y malestar.

—Me he informado y sé que trabaja como voluntario aquí.

—Déjeme que mire las listas —dijo, mientras hacía el paripé de que buscaba información en el ordenador, la periodista pudo percibir que su expresión era cada vez más dura y ella añadió:

—El señor De Cavia cursó su baja como voluntario de la organización hace semanas por motivos personales.

—¿Y su mujer?, ella tambi...

La mirada de la secretaria la fulminó, bajó la cabeza y cuando se quiso dar cuenta se le habían echado encima dos gorilas de ciento treinta kilos cada uno. —«Nuevo Edén» tiene al menos media docena de ellos, todos salidos de la misma picadora de carne—. Le agarraron por un brazo cada uno haciéndole unos profundos y grandes hematomas. La echaron a la calle por una puerta trasera con cajas destempladas y amenazas de que la próxima vez sería peor.

La Gran Vía estaba muy concurrida como de costumbre a esas horas del día, la gente que pasaba la miró, pero todos siguieron su camino. Fue paseando camino de casa, decidió dejar la arteria principal de la villa en la alameda de Mazarredo y luego cogió Ledesma, Buenos Aires y pasó junto a la plaza Venezuela y el puente del Ayuntamiento, la plaza Ernesto Erkoreka, hasta el Campo Volantín.

—Preguntó por usted un hombre —dijo el portero, que como siempre, se hizo el encontradizo cuando se cruzaron en la escalera, y al ver la cara de extrañeza que se dibujó en la cara de Agatha se atrevió con un:

—Me va usted a perdonar pero tenía una pinta un poco rara, me crucé con él en su piso y creo que estaba hurgando en su cerradura. —Se puso la mano a un lado de la boca y bajó el tono como para hacer una confidencia.

—Sería Ramón, un amigo, no se preocupe usted —contestó poco convincente.

—Bueno, bueno —y se marchó mascullando: «Pues vaya amigos que tiene usted».

Dos minutos más tarde el ascensor le dejaba en su piso, miró su puerta y la cerradura. Todo parecía normal, introdujo la llave y se abrió sin problema alguno, se sentó en el sofá; necesitaba hablar con alguien, estaba asustada, Julen estaría todavía en el entrenamiento, Luar, por su parte, no tardaría en llegar. Y así fue. Diez minutos más tarde su compañera de piso entraba por la puerta. En ese momento, Agatha estaba en la ducha pensando primero en la famosa imagen de *Psicosis* y reconociendo después lo gilipollas que se puede ser cuando se tiene miedo.

—Hola Taki, ¿qué tal las clases? —le dijo mientras terminaba el ritual de la ducha —del que ya he hablado y que siempre era igual—: secar, dar crema hidratante, peinar y al fin vestir. Hoy todo hecho bastante más rápido y por encima que de costumbre. Salió del baño y se dirigió a la sala, se sirvió un vino y le pidió a Luar que le acompañara. «Siéntate», le dijo gravemente.

—¿Qué pasa? Me estás asustando, y esos dos tíos que llevan toda la mañana merodeando el portal. La periodista se asomó a la ventana y efectivamente había dos tíos en la acera y cuando miró un rato más tarde, ahí seguían, pero no los había visto al entrar, aunque según Luar, habían montado guardia desde la mañana.

—Cuando he salido camino de la universidad ya me han llamado la atención, pero cuando los he vuelto a ver…

—Mira Luar, creo que me están siguiendo, no puedo contarte mucho, solo que estoy metida en un algo muy gordo…

—Me estás asustando, mira que…

—Un hombre ha estado intentando entrar en casa, ahora esos dos «custodiando» el portal. Son gente muy mala. No puedo decirte mucho, solo que tengo entre las manos lo que seguramente será una bomba informativa; es mejor para ti. —Se quedaron mirándose un rato, acaso tres o cuatro minutos. Luego Agatha encendió la televisión. Ese electrodoméstico que casi siempre estaba apagado en aquella casa, fue capaz de disipar el miedo. Aquella noche…

12
Bilbao, 15 de enero de 2015

Efectivamente llovía y todo el mundo había sacado el coche aquella mañana, el centro de la ciudad era un auténtico caos. «Menos mal que solo viven trescientas mil personas en Bilbao» —parecía pensar Ioar al volante de su querido BMW—, y «a ver cómo está hoy el parking de la comisaría». Y es que el aparcamiento privado en la comisaría era claramente insuficiente, tenía cincuenta plazas y en Ibarrekolanda trabajaban ciento noventa y dos personas entre mandos, detectives, agentes, personal administrativo y de la limpieza. Aún a día de hoy hay un gran problema de aparcamiento, que si bien cuando hay buen tiempo el parking no se llena, por el contrario en días de lluvia solo pilla aparcamiento el que llega antes. Así pues tuvo que aparcar en la calle Txakolin, a unos doscientos metros escasos de la comisaría. En condiciones climatológicas óptimas solo habría supuesto un pequeño paseo pero con aquel aguacero se convirtieron en una ducha en toda regla.

Entró a la comisaría «haciendo aguas», saludó al agente de guardia y subió en el ascensor al segundo piso. Al entrar fue recibido con una salva de sucesivos comentarios estúpidos del estilo de: «¡Vaya chupa!», «llueve, ¿o qué?», «qué Ioar, ¿te has mojado?». Por suerte para él, en la taquilla tenía ropa de repuesto y es que no era la primera vez que le sucedía algo parecido… Y estaba el dolor de cabeza, aquella «medio resaca», que había decidido que sería la última de su vida. Una vez se hubo cambiado reunió a su gente para contarles lo que descubrió anoche.

—Hola familia —ya estaban los otros tres en el tajo, Goyo y Sara alrededor de la mesa en sendas sillas y Lola que estaba de pie le acercó un café—. Os traigo algo que he descubierto anoche y creo que puede ser relevante, pero no sé por dónde cogerlo.

—Bueno, seguro que entre los cuatro tenemos un ángulo más amplio de visión y le damos una vuelta importante —formuló Lola, que se había colocado junto a él—. Pero, ¡suéltalo ya, que nos tienes en ascuas!

—Como sabéis los tres —comenzó a narrar—, la compañera de piso de Anna Young me entregó un libro; concretamente un ejemplar de *El estudio en escarlata,* una aventura de Sherlock Holmes. Pues bien, ayer revisándolo comprobé que tenía subrayada la última frase de la historia. Cuando ya todo está resuelto y Holmes y Watson reflexionan sobre la historia. Dicha frase es una sentencia en latín firmada por Quinto Horacio Flaco y que dice: «Populus me sibilat, at mihi plaudo pise domi simul ac nummos contemplar in arca».

—«El pueblo me abuchea, pero yo me aplaudo, yo mismo, en casa, al mismo tiempo, también examino las riquezas de mis arcas» —tradujo Sara—. Lo he leído hace poco, en el que Watson conoce a Holmes y empiezan a compartir la vivienda del 221b de Baker Street.

—Efectivamente hasta ahí todos de acuerdo pero, ¿qué nos quería decir con ello Anna? ¿Cuál es su mensaje?

—Vamos a ver —reflexionó Goyo—, tú dices que la conocías, ¿no?

—Bueno, coincidía con ella en la biblioteca municipal, a mí me gusta leer y a la señorita Young le encantaban las novelas policíacas, espera a ver…

—Pero, ¿hablabas con ella? —me interrumpió bruscamente Lola.

—Coincidíamos en la biblioteca y trabamos algo de amistad, al principio solo nos saludábamos, pero luego empezamos a tomar un cafecito después de la sesión de lectura, tenía una conversación muy agradable.

—¡Sí, y las tetas grandes! —soltó Lola de forma sorprendente y visiblemente contrariada.

—No es lo que te imaginas —la verdad es que no le cabía esperar esa reacción infantil de parte de su compañera y ¿amante?

—Intenta recordar algo más —intercedió Sara.

—Una vez le dije que cuando había leído por primera vez *El estudio en escarlata* adiviné quién era el asesino desde el principio y por eso me hizo aquella broma de decirme: «Es que tú eres el mejor policía de la ciudad».

—Y creo que esa broma le da verosimilitud a las palabras de Luar Takese —sentenció Goyo—. Tienes que recordar cada conversación con ella porque algún mensaje nos ha dejado a través tuyo Ioar.

Lola se había abstraído de la conversación, estaba ausente y aunque no tenía por qué hacerlo, Ioar comprendió que le tocaba explicar su relación con Anna Young y por qué no había hablado nunca de ella. Pero por otro lado, lo de Lola solo fue un polvo, o eso creía Ioar... La imagen de madura liberal de Lola se empezaba a derrumbar. Quizá solo había sido una imaginación suya desde el principio.

Entre las muchas cosas que le habían bailado en su cabeza aquella noche en la que tan poco había dormido, una intención para aquella mañana era la que ocupaba mayor parte de su pensamiento.

—Creo que si quiero recordar algo sobre Anna, lo mejor será que vaya a los lugares donde coincidía con ella e intente hacer memoria.

—¡Es una muy buena idea Ioar! —exclamó Lola que parecía haber olvidado ya las tetas de Anna—. Iremos hoy allí.

—No, me refiero a yo solo. Iré yo solo…

—Sí, así será mejor —Sara otra vez al quite—. Tómate tu tiempo, nosotros repasaremos las pruebas, a ver si se nos escapa algo por ahí.

Así que tres cuartos de hora más tarde, Ioar atravesaba el umbral de aquella biblioteca. La biblioteca de Bidebarrieta había sido durante un corto lapso de tiempo parte de su vida, uno de sus rincones. El rincón en el que su alma se reencontraba consigo misma, y ¿había encontrado el amor? ¡Cuán estúpido es el ser humano! Se paró ante la escalera, miró hacia arriba e inició la ascensión apoyando la mano en el pasamano de madera. Llegó al primer piso, su mirada se desvió hacia la izquierda, la sala de estudio. Una vez le había contado a Anna las horas que allí había pasado preparando oposiciones —dos concretamente—, rodeado de sabios. El siguiente tramo de escalera ascendía hacia el rellano en el que sobresale —sobre todo los días de sol, pero hoy no era el caso—, la hermosa vidriera que tantas veces se había parado a contemplar, la última de ellas con Anna. El gran espejo de la entrada de la sala de lectura nos va devolviendo nuestra propia imagen cada vez más grande, conforme vamos subiendo los escalones del último tramo, se miró en él y no vio su imagen sino la de ella, sonriendo con un libro en su mano derecha. Ioar suspiró.

Sentado en una de las mesas de lectura —no había mucha gente aquella mañana—, Ioar sacó de su mochila el libro que le había entregado Luar Takese e intentó concentrarse. Repasó tomando notas todo lo que recordaba de las conversaciones que habían tenido respecto de *El estudio en escarlata,* trama, impresiones, relación Holmes-Watson. ¡Nada!, ¿qué quería decirle Anna desde la tumba? Había sido todo tan limpio y claro con ella y ahora no era capaz de comprender. Repasó también el momento en que Anna pronunció aquella frase que luego le refirió la señorita Takese. Había cogido también el libro *Sátiras de la avaricia.* —En él escribió Horacio la famosa frase—. Éste no lo habían comentado nunca, de hecho Ioar podía jurar que Anna no era muy amiga de los poetas romanos. En cualquier caso, lo estuvo mirando y repasando sin llegar a ninguna conclusión. Lo devolvió, guardó el suyo en la mochila y se dispuso a atravesar la escalera en sentido contrario. Ahora el espejo devolvía la imagen del cogote de Ioar, cada vez más pequeña y más abajo la sala de estudio con sus cuadros —Séneca, Byron, Neruda, Quinto Flaco…— a la derecha.

—¡Quinto Flaco!, ¡Horacio Quinto Flaco! —exclamó Ioar. ¡La respuesta ha de estar en esta sala, en ese cuadro!

Ioar miró su reloj; aún no era la hora de comer, apagó su teléfono y entró en la sala de lectura. Estaba tal y como la recordaba, la mujer que estaba al cargo de la sala también era la misma que cuando él estudió para sus oposiciones. Ésta hizo un gesto de sorpresa pero luego le saludó fríamente. Ioar se sentó en una mesa, sacó el libro de Sherlock Holmes y cuatro papeles de la comisaría que llevaba en la mochila, para disimular. Empezó a pensar en dónde podría estar el quid de aquella cuestión, fijando involuntariamente la mirada en el cuadro de Horacio Quinto Flaco.

—Carpe Diem —se dijo a sí mismo y siguió absorto en sus pensamientos.

He de decir que un servidor —como es normal— no sabe qué es lo que pasó por la cabeza del detective Yoel en estos críticos y profundos momentos, pero sí puedo relatar que cuando la mujer al cargo de la sala se levantó con intención de estirar las piernas y salió de aquella habitación, Ioar dio un bote musitando:

—¡Ahora es el momento! —sabía que solo disponía de unos pocos segundos y por ello fue directo hacia el cuadro, no había reparado en ello pero había al menos cuatro adolescentes allí, nadie levantó la vista de sus libros, nadie dijo nada. Ioar descolgó el cuadro y le dio la vuelta. Dudó un segundo y luego fijó la vista, su ya cansada vista en el envés —por así llamarlo— del cuadro. Pegado con precinto había un pequeño paquetito de plástico transparente. Una bolsita de esas que se usan para meter cosas pequeñas como botones o monedas. En su interior un papel doblado. ¡Eso debía de ser! Oyó que la funcionaria regresaba a la sala.

—No soporto los cuadros torcidos —acertó a decir Ioar. Ella lo miró con extrañeza y él recogió sus cosas saliendo de allí con una mezcla de sensaciones: emoción, nerviosismo, miedo y el estómago revuelto; muy revuelto. Un cóctel explosivo ¿Habría merecido la pena?

Atravesó la puerta de la biblioteca y el pequeño tramo de la calle Bidebarrieta, hasta la calle Ribera. Miró a su izquierda fijando sus ojos en el bar donde se solía ver con Anna. Cruzó la plaza del Arriaga y subió por el puente hasta la calle Navarra. En la estación de Abando cogió el metro, dirección Deusto, salió en Lehendakari Agirre y subió andando hasta la comisaría. El corazón le latía desbocado cuando se sentó en la mesa de su grupo de trabajo. Sacó la bolsita de plástico y extrajo el papel de su interior. Estaba doblado y al estirarlo descubrió que había algo metálico en su interior. ¡Una llave!; una llave pequeña, como de buzón. Observó que tenía un pequeño llavero; sencillo, de plástico. De esos que no tienen mayor pretensión que recordarnos a qué cerradura corresponde la llave a la que hacen compañía. En su interior, un pequeño papel con un número: 171. ¿A qué haría referencia este número?, se preguntaba Ioar.

—¡Hola Ioar! —Lola irrumpió en los pensamientos del detective. Antes, bueno lo siento, yo…

—No pasa nada, tranquila. —Lejos de molestarle, en realidad Ioar se había sentido halagado por el estallido de su compañera.

—¿Qué tal te ha ido?

—Ah, sí… He encontrado esta llave, que al parecer nos la dejó Anna y que tiene este número escrito. Corresponderá con toda seguridad al lugar donde está la cerradura que se abre con ella. Será de un hotel, apartamento o de un….

—¡Hola chicos! —Sara, que venía acompañada de Goyo, irrumpió en la escena—. ¿Qué tal? —Ioar les informó de lo acaecido en la biblioteca.

—¡O de un apartado de correos! —dijo Lola—.En Bilbao tienen tres cifras y es un lugar ideal para guardar algo.

—Es muy posible que estés en lo cierto —dijo el comisario apareciendo como de la nada—. Hemos estado dándole un repaso a los movimientos que Anna hizo con sus tarjetas de crédito y justamente pagó el primer recibo correspondiente a un apartado postal, había domiciliado el pago de los sucesivos.

—¿Se puede saber en qué oficina está el apartado?

—No solo se puede, sino que ya lo sabemos. Es en la oficina de correos de la alameda Mazarredo. Los funcionarios se vuelven muy diligentes cuando ven una placa.

—Y si esa placa es de un comisario ni te cuento... —sentenció Sara.

Eran apenas las cuatro y media pasadas cuando Ioar y Goyo entraban por la puerta de la oficina de correos de la alameda Mazarredo, muy cerca de donde vivía Anna, al otro lado de la ría. Ioar lleva la mano derecha dentro del bolsillo, con la llave dando vueltas nerviosa, ansiosa de encontrar su cerradura. Los dos detectives escrutan la pequeña oficina, al entrar, en busca de los apartados de correos. Ahí están, al fondo, un grupo de cien. Se acercan y comienzan a buscar a mirar el orden en que estaban colocados. Muy sencillo: por decenas, pero empezando por el numero ciento uno. Ioar sigue entonces la primera fila con el dedo:

—Veinte, cuarenta, sesenta y…

—¡Ahí lo tenemos! —exclamó Goyo llamando la atención del empleado de la oficina. Le mostró la llave y puso cara de niño malo arrepentido. Ioar y Goyo miraron durante unos segundos el número 171, y el detective Yoel asió la llave con fuerza en el interior de su bolsillo, sacó la mano nerviosa. La llave se le escurrió y cayó al suelo haciendo el ruido que hace una llave cuando cae al suelo: clinc, clinc, clinc. La miraron rebotar en silencio. Goyo se agachó, recogió la pequeña llave y se la entregó a su compañero, a quien el corazón se le había acelerado exponencialmente a cada clinc de la jodida llavecita. La introdujo en la cerradura, entraba sin problemas y… ¡Giraba! La puertecita se abrió y dejó al descubierto su interior. Ioar y Goyo se miraron un momento corto, muy corto. Justo antes de que Ioar metiera la mano en el buzón extrayendo un pequeño paquetito que había en su interior. Era una bolsita, como la que Anna había pegado con precinto a la parte trasera del cuadro de Horacio. En su interior había una llave, pero ésta era una llave USB, un pendrive. Ioar lo tenía en la palma de su mano; él y Goyo volvieron a mirarse a los ojos unos segundos. ¿Qué información contendría aquella memoria?, ¿Habría llegado al final del asunto al que se estaba enfrentando? Los dos llevaban suficiente tiempo en la policía como para oler una bomba de relojería y aquello lo iba a ser sin ningún género de dudas. ¿Por qué si no, Anna les había invitado a aquella suerte de ginkana plena de acertijos que ahora habían descifrado?, ¿sería esta la prueba definitiva que permitiera cerrar el caso?

Veinte minutos más tarde estaban los dos policías reunidos con sus dos compañeras de grupo y el comisario que había cortado con mano izquierda una conversación con el alcalde para no perderse el momento. Era Ioar quien hacía los honores en su propio ordenador.

—Es emocionante —lagrimeó levemente mientras aparecían los diferentes cuadros de diálogo de Windows pidiendo autorización para cargar el pendrive. «Aceptar».

Todos los archivos estaban encriptados; no puedo decir si fueron tres o cuatro las voces simultáneas que gritaron: ¡Mierda! Había que esperar a los técnicos, que aunque no tuvieran más trabajo y se pegaran una paliza, no podrían conseguir que la información estaría legible al menos en dos días tirando por lo bajo. Lo habían tocado con la punta de los dedos y se les había vuelto a escurrir. Aunque seguían sabiendo que fuera lo que fuera, en esos 32 GB tenía que haber algo gordo de verdad.

—¡Ioar, llévaselo al informático y dile que me llame! —ordenó el jefe—. Yo le meteré toda la prisa que pueda. Luego marchaos a casa, tomaos el resto de la tarde libre, descansad. Mañana retomaremos el caso desde otro ángulo hasta que tengamos la información que se aloja en este cacharro. ¡Pero a casa, a descansar! —gritó el comisario mirando especialmente a Ioar, que hizo una mueca de aprobación.

13
Bilbao, 4 de enero de 2015

A Agatha siempre le ha encantado el Casco Viejo. Desde que fijó su residencia en la villa gozó siempre que pudo de un tranquilo paseo por lo que un día allá por el siglo XIV fue el primer Bilbao: Somera, Artecalle y Tendería. Las tres primeras calles que luego fueron siete. El germen de una ciudad moderna que a día de hoy sigue creciendo al frenético ritmo de nuestros tiempos. Pero el rostro de Agatha no denotaba que estuviera disfrutando del paseo como en otras ocasiones, su ceño fruncido y la expresión preocupada eran señales inequívocas de que en su cabeza algo daba muchas vueltas. Sus pasos recorrían la piedra que une la plaza de Unamuno y la iglesia de San Nicolás y su cabeza se azoraba tal vez, y remarco lo de «tal vez», con aquel terremoto de acontecimientos en cuyo epicentro parecía estar colocándose. Los comedores sociales subvencionados casi en su totalidad por una empresa fantasma tras la cual está un voluntario o ex voluntario de «Nuevo Edén». Y por otro lado: ¿qué hacía una organización que se autodenominaba «consuelo de escépticos de las religiones tradicionales» subvencionando, aunque solo sea en una pequeña parte un comedor donde los voluntarios y la infraestructura es tan cercana a la Iglesia católica. Luego estaba la confesión de Meritxell Uría y su muerte… En este punto la historia se había retorcido maliciosamente con la aparición de Abaddon. Bueno, si el padre Francisco estaba en lo cierto. La verdad es que lo tenía todo cogido con hilos y eso también solía ser motivo para el nerviosismo.

—¿Cuál será el próximo capítulo? —suspiró en voz alta mientras atravesaba la calle Askao—. No iba a tardar en comprobarlo; o mejor dicho: en sufrirlo.

La fachada trasera de la iglesia de San Nicolás de Bari coincide con el principio de la calle Esperanza, formando una pequeña glorieta con la salida de la estación de metro y tren y el edificio del banco de Bilbao. A esa altura Agatha sintió como si alguien le estaría persiguiendo, fue como si una mirada se clavara en su espalda y casi sin pensarlo giró a la derecha en la diminuta travesía Estufa, fue como un acto reflejo tomar aquella callejuela que no tendría más de treinta metros y que parte frente al frontón. Es muy probable que un rayo recorrería su frente, recordándole lo tonta que se podía sentir, al pensar que alguien le pudiera estar persiguiendo y en que estaba empezando a tener un poco de paranoia. Se había metido en muchos líos en el ejercicio de su profesión y nunca le había pasado absolutamente nada. A lo sumo algún anónimo en el correo electrónico, como aquella vez que le mandaron una carta con una bala a la redacción y que en diez horas habían pillado al responsable, porque no tuvo cuidado con las huellas. «El agresor más chapucero de la historia», lo había bautizado en aquel artículo. Ahora no iba a ser lo mismo. Sintió cómo alguien giraba detrás suyo y, de pronto, cómo otra persona se abalanzaba desde delante sobre ella, notó la fría hoja de un cuchillo empuñado por una mano cubierta de un guante de cuero negro en su cuello y una rodilla apretándole la vagina. En esta tesitura se vio empujada contra la pared de piedra caliza, un antebrazo le oprimía la garganta.

—¡Deja de meter las narices donde no te llaman y no tendrás problemas! ¡Maldita hija de la Gran Bretaña, vete a tu puto país! —dijo el que tenía el cuchillo sobre la yugular de la periodista y la rodilla en sus partes nobles. Luego recibió un fuerte puñetazo en la boca del estómago, la soltaron y cayó al suelo. Para cuando pudo abrir los ojos, los dos agresores ya habían desaparecido. Todo así de rápido, sin tiempo de reacción, sin tiempo para defenderse. Un joven que por allí pasaba le ayudó a incorporarse pero no hizo demasiadas preguntas. Cogió un taxi en la calle Sendeja, y le dijo al conductor que la llevara a casa. Era apenas medio kilómetro pero en su estado no podía pasear, le dolía todo y aún no sabía cuál era el alcance de las lesiones producidas por aquel ataque. Las ganas de pasear se las habían arrancado de cuajo. Solo quería tumbarse en su cama y descansar.

Por suerte Luar estaba en casa; como siempre, con las narices entre libros. Cuando vio en el estado que llegaba, le atendió con la suavidad y el mimo con que hacía todo. Horas más tarde aún tenía un punzante dolor en el vientre y fue la propia Luar quién le aconsejó que se tomara el siguiente día libre y si no remitía el dolor, fuese al médico. Decidió que lo mejor que podía hacer era seguir su consejo. Ahora iba a tener que responderle a algunas preguntas...

—Dime Anna —dijo Luar con suavidad pero visiblemente contrariada—. ¿Qué está pasando aquí?, ¿en qué lío te has metido?

—Ya te lo dije, me han intentado robar —mintió descaradamente, no quería mezclarla en este asunto, aunque a la larga iba a ser inevitable.

—No me lo cuentes si no quieres... ¿Por qué no denuncias el robo?

—¡Porque no me han llevado nada! —soltó alzando la voz más de lo que Luar merecía. Esta la miró con estupor.

—Bueno, pues no lo denuncies si no quieres —y salió de la habitación. No volvieron a dirigirse la palabra en lo que quedaba de día. La muchacha volvió a sus estudios y Agatha se quedó dormida pronto, se despertó varias veces por la noche, una de ellas fue al baño, comprobando que el dolor parecía que empezaba a remitir. Otras dos veces al menos, sobresaltada por alguna pesadilla; después de dar algunas vueltas en la cama volvió a dormirse ambas veces. Por la mañana amaneció empapada en sudor pero sin apenas dolores.

14

Bilbao, 16 de enero de 2015

El padre Esnaider les recibió en los arcos del patio principal del colegio salesiano de Urnieta, en el cual él vivía. Los cuatro ertzainas se habían citado a primerísima hora de la mañana en la comisaría. Pensaron que lo mejor mientras esperaban los resultados de los informáticos, era seguir investigando y se dieron cuenta de que no habían entrevistado a dos personas que hablaron con Anna antes de morir. Víctor de Diego y el padre Esnaider. Dado que el primero vivía en Madrid, Lola y Sara intentarían contactar con él y entrevistarle por Skype. El salesiano no tuvo inconveniente en quedar con los detectives esa misma mañana.

—¡Buenos días! ¡No se pueden ustedes imaginar cómo siento el fatal desenlace del trabajo de Anna! ¡Era una mujer buena, con ideales! Pero chocó con fuerzas que no se detienen ante nada.

—¡Buenos días padre Francisco! ¿Qué quiere usted decir? —preguntó Goyo.

—Conocí a Anna hace unos años cuando me entrevistó en relación con los exorcismos, práctica para la cual yo estoy habilitado por el mismísimo Santo Padre, escribió un gran artículo y eso que ella no era religiosa según tengo entendido, pero fue muy respetuosa. El artículo se publicó en *The Guardian* y fue un éxito rotundo. Pero eso fue hace unos años...

—¿Habló usted con ella recientemente? —cuestionó en esta ocasión Ioar Yoel.

—Efectivamente, después de año nuevo; el día tres creo, pasó por aquí. Me había llamado tras la muerte de la directora de... ¿de Hacienda era? Sí, eso, de Hacienda. Estaba muy nerviosa e intrigada por las pintadas que habían aparecido en la pared donde fue hallada la víctima. El caso parecía, o al menos a mí me recordó nítidamente a las prácticas del «Ángel exterminador», una organización supuestamente defensora de la Iglesia y absolutista que tenía unos métodos muy poco cristianos. Entre sus actividades estaba la de reemplazar a la Santa Inquisición, ya que ésta había sido abolida. A los pecadores que ellos elegían les aplicaban la «justicia divina» y escribían con su propia sangre mezclada con vino tinto —símbolo de la sangre de Cristo— el versículo 9:11 del *Apocalipsis* que hace referencia a Abbadon, «el ángel exterminador».

—¡Hostia! —exclamó Ioar—. Esto no tiene que ver con evasión de capitales.

—Opino que no es más que una burda justificación del crimen. Solo una mente enferma puede engendrar semejante idea...

—Cuando se originó, ¿tuvo el apoyo de la Iglesia?

—Fue el obispo de Osma quien se dice que fundó esta organización, pero también he de decirles que no hay pruebas de que existiera, todo es una leyenda.

—¿Lo ocultaría la Iglesia?

—Puede...

¿Estaría la respuesta en el pendrive de Anna? ¿Qué habría descubierto?, la investigación había dado un giro desconcertante. ¿Cuál sería la próxima sorpresa?

Urnieta y Bilbao están separados por una centena escasa de kilómetros de autopista. Tiempo suficiente para que dos amigos puedan charlar un poco de sus vidas, esas vidas poco regadas al margen de la policía.

—¿Qué tal con David, Goyo?

—Bueno, no tan mal.

Se hace un silencio incómodo mientras el coche devora kilómetros y los pensamientos de los detectives se disparan en busca de la mejor frase para romperlo.

—Es que David…

Mientras Goyo pronuncia estas palabras suena el teléfono. Ioar pulsa el botón verde y se activa el manos libres.

—Hola muchachos, ¿cómo os ha ido por ahí? —es la cálida e inconfundible voz de Lola al otro lado de la línea.

—Bueno, ¡con la Iglesia hemos topado!, esto se ha enmarañado bastante. La Inquisición, una sociedad secreta de hace casi doscientos años… bueno, creo que se cruzó con algún zumbado.

—Pues por aquí, el señor De Diego nos ha contado que estuvo con la víctima el día veintinueve de diciembre. Se vio con ella por corto espacio de tiempo en el parque de Doña Casilda. Ella le había pedido información confidencial sobre una empresa. De Diego es funcionario del BOE.

—¡De nuevo Edén! —exclamó Ioar.

—Incorrecto. En principio no lo ha querido revelar, temeroso, supongo, de sus superiores. Sara, muy hábil, ha conseguido persuadirle de que no íbamos a usar nada contra él y que su nombre quedaría en el anonimato, al menos hasta que se pueda demostrar que ha colaborado en la resolución del caso. Al final nos lo ha dicho: «La Luz S.L.»

—Esto cuadra más que lo nuestro con el delito económico, esperemos que pronto tengamos los datos almacenados en el pendrive y podamos aclararnos un poco. —El coche, un Renault Picasso propiedad de la Ertaintza y conducido por Ioar, atravesaba el túnel nuevo que da acceso a Bilbao por el Sagrado Corazón en el momento en que se despedían de sus compañeras, solo hasta veinte minutos más tarde, que entraron ambos en la oficina diáfana de la comisaría.

Las chicas ya estaban en el grupo de trabajo cuando se abrió la puerta del ascensor y los dos detectives llegaron dando las buenas tardes, eran las seis y cuarto de la tarde y el comisario apareció en escena, como siempre, lo hacía por sorpresa.

—Hola muchachos, tenemos un problemilla con una de las lonjas que se hallan en el lugar donde mataron a Anna Young y es que, con la intención de registrarlas, se me ocurrió que los asesinos no habrían aparcado la furgoneta allí por casualidad y me quise poner en contacto con los dueños. El primero, el electricista, no ha puesto ningún inconveniente, y bueno, como estabais fuera los cuatro he mandado a un detective de los de prácticas que no ha encontrado nada raro. Por el contrario, cuando me he puesto a buscar al de la lonja más al fondo en el callejón me he encontrado con una gran sorpresa —hizo un silencio como para darle solemnidad al momento y prosiguió—. El dueño de la lonja no existe, es una identidad falsa, el alquiler se paga desde una cuenta a nombre de una empresa llamada «La Luz S.L.»

—¡«La Luz», esa es la empresa de la que pidió información al funcionario del BOE, la víctima!

—Pues parece que todo empieza a encajar —quiso sentenciar el comisario pero…

—Hay más, y esto creo que nos va a dar bastantes quebraderos de cabeza —cortó Goyo—. Anna estuvo consultando a un cura salesiano experto en historia bíblica y del cristianismo y practicante de exorcismos, sobre una sociedad criminal que usaban en tiempos de Fernando VII el asesinato para forzar la restauración de la Santa Inquisición.

—Esto es nuevo, también cabe la posibilidad de que sean dos cuestiones diferentes.

—Pero la muerte de Meritxell Uría sugiere que forman parte de la misma trama.

—Veremos a ver qué nos aclaran los archivos del pendrive. Los técnicos me han asegurado que los tendremos mañana a primera hora. Como os estaba contando hemos seguido el rastro al pago del alquiler de la lonja hasta esta empresa, que ahora sabemos que es parte de la trama. Vais a ir los cuatro a registrar aquella lonja. Como no podía encontrar a la persona responsable, un tal Leandro de Cavia, iréis con una maza y una orden.

—Se apellida igual que el obispo del que nos habló Esnaider —apuntó Ioar.

—Pues o no existe, o está desaparecido. Así que id y revisadla minuciosamente. Ya está levantado el precinto en la zona.

A las ocho, un poco pasadas tal vez, de aquella pesada, húmeda y gélida tarde de invierno, estaban delante de la puerta de la lonja en el lugar donde murió Anna. A Ioar, que portaba una cizalla asida con las dos manos, le flaquearon las piernas al encontrarse en el centro de aquel callejón. Aún quedaban restos de sangre en el pavimento. Miró hacia la pared y vio un agujero de bala, hizo una mueca de dolor, luego suspiró.

—¡Acabemos cuanto antes!

Goyo por su parte llevaba una maza, miró a su compañero y asintió. Las detectives, las dos, habían echado mano a sus armas reglamentarias. Una simple aplicación de la tenaza cortadora y el candado cedió sin remisión, la persiana estaba abierta y el interior del local a la vista. Entraron en él, así a simple vista parecía estar completamente vacío, nada. Ni muebles, ni máquinas, solo alguna caja de cartón vacía, nada más, cien metros cuadrados de vacío. Un gato cruzó el local y se escabulló por un cristal roto de una ventana que da a la calle. Se miraron los cuatro, Lola a Goyo y Goyo a Ioar, éste miró con extrañeza a Sara que puso cara de circunstancia. No había nada, al menos a simple vista...

Ioar fue el primero en entrar, paso a paso y en silencio. Miró hacia atrás, sus ojos se fijaron en Sara, luego giró el cuello y dirigió su mirada hacia Lomoviejo y Lola, en ese orden. Había algo en aquel lugar que no le olía bien. De pronto se oyó un ruido sobre el techo del local que quebró el espeso silencio del momento, volvieron a mirarse.

—¿Qué mierda es esta? Aquí no hay nada, está vacía —expuso Ioar presa del nerviosismo.

—¡Uhm!, pero aquí ha habido movimiento hasta hace no mucho —replicó Sara frunciendo el ceño y pasándose la mano por la barbilla—. Fijaos: apenas hay polvo acumulado en el suelo y ahí —indicó con su dedo índice hacia una esquina en el suelo— hay marcas negras, que yo diría que son de goma.

—Podría tratarse de los zapatos de goma de las patas de una mesa —aventuró Lola.

—O de una furgoneta —repuso Goyo.

—El caso es que parece que se han ido de aquí hace poco —ahora el que colaboró con la teoría fue Ioar Yoel con cara siniestra.

La detective Castillo miraba en derredor… El gato volvió a entrar por la ventana, al verles se paró y salió corriendo por la puerta que abrieron los policías.

—¡Mirad en el techo! ¡Allí, en aquella esquina! —exclamó Sara señalando hacia el techo al fondo, justo frente a donde ellos estaban.

En el punto señalado por el dedo índice de la mano derecha de la detective Castillo se podía adivinar —aunque se disimulaba bastante, al estar pintada del mismo color que el resto del techo—, una puertecilla. Una especie de trampilla, quizás un sobre techo.

Ioar la observó desde abajo. No parecía tener cerradura, pestillo ni cierre alguno. A simple vista la puerta estaba apoyada sobre el marco de tal manera que, según parecía desde el lugar donde ellos se encontraban, se abriría con solo empujarla. Pero claro, la puertecita de marras estaba como a unos tres metros de altura y allí el más alto era Ioar que alcanzaba con el brazo estirado apenas dos. En todo el local no había ningún objeto en el que subirse. Solo polvo y unas cajas de cartón dobladas…

—¡Pues habrá que hacer algo para abrirla!, quizá en el coche haya algo —dijo Ioar saliendo de la lonja.

Tardó veinte largos minutos en los que sus compañeros no dejaron de dar vueltas por aquel local mirando la trampilla y mirándose entre ellos. ¿Adónde había ido Ioar? ¡Llevaba una escalera al hombro cuando volvió!

—El hombre de la lonja de al lado; el electricista, es muy generoso. Me ha prestado la escalera cuando le he enseñado la placa. ¡Sin problemas! También me ha contado que esta lonja está ocupada por una gente muy rara; educada pero poco habladora desde hace seis meses más o menos. Que nunca ha visto el interior de la lonja. Pero que una vez les vio meter una especie de fotocopiadora. ¡Bueno, allá vamos!

Ioar colocó la escalera —que era de tijera— justo debajo de la trampilla. Subió por ella y al llegar a una altura desde la que alcanzaba, miró hacia abajo, luego a la trampilla y la empujó hacia arriba; ésta se abrió, ascendió un par de peldaños más y pronto tuvo la cabeza sobre el techo. Estaba muy oscuro. Sacó el smartphone y buscó la aplicación «linterna». La encendió e iluminó la estancia. Parecía un dormitorio. Había una cama de matrimonio, una mesita de noche y, enfrente de éstas, un armario.

—Es una vivienda —dijo, volviendo la cabeza al piso de abajo— ¡Qué raro!

Dudaron un poco el qué hacer. Pero en un momento se decidieron a subir. Primero fue Ioar, luego Goyo, Lola y por último, Sara. Se encaramaron al piso y los cuatro pusieron sus móviles en «modo linterna» y localizaron la puerta de la estancia, por debajo de ésta se veía luz. Lola se llevó el dedo índice a la boca pidiendo silencio, agarró la manilla de la puerta con la mano izquierda, miró a sus compañeros, los dedos índices de los cuatro prestos sobre el gatillo de sus armas; asintió. Giró la manilla y entornó la puerta para acto seguido abrirla de par en par gritando: ¡Policía!

Por aquel hueco que deja la puerta al abrirse comienza una estruendosa lluvia de balas, olor a pólvora quemada, ráfagas de metralleta. Ioar no puede ver a los agresores, porque los cuatro han caído al suelo. Ioar levanta la cabeza, el martilleo de balas aún continuaba. Les estaban esperando. ¿Pero cómo sabían? Lola está tumbada a escasos dos metros de él, al otro lado de la cama, está herida, sangra. Pero Ioar —que no puede verla— salta por la puertezuela por la que entraron en aquel lugar, cae al suelo del local de abajo sobre las manos, con las que amortigua el tremendo golpetazo, aun así sus muñecas se resienten y cae sobre el lado izquierdo de la cara. Podía haber sido mucho peor, no olvidemos que el techo estaba a tres metros de altura. Arriba han cesado las ráfagas de metralleta.

— ¡Lola!, ¡Goyo!, ¡Sara! —Nadie contesta.

Lola se retuerce de dolor junto a la cama. Su cara presenta una mortal palidez, se deja ir... el último aliento se le escapa entre sus carnosos labios.

—Ioar... —solo seguido por un postrero vómito carmesí de sangre.

Goyo hace ya minutos que dejó de respirar, el flujo de sangre que mana de cada uno de los cuerpos se junta en el suelo formando un solo charco.

Ioar había corrido hacia el coche para pedir refuerzos, su voz suena estremecidamente inerte al micrófono de la emisora:

—Te... tenemos un tiroteo, nos han disparado. —Mira a la lonja del electricista que ya se ha marchado.

—No sé nada de mis compañeros... —paró para jadear, mientras se sujetaba una de sus muñecas que le devolvía un punzante dolor al apretar el pulsado del micrófono con su pulgar—. Nos han ametrallado... —esta confesión vino acompañada de un sollozo que pronto se convirtió en llanto y más tarde en mar de lágrimas. Todo en unos pocos segundos.

Y después de estos pocos pero eternos segundos, la figura de Sara aparece tras la puerta de la lonja. Una sonrisa acudió a los labios de Ioar, un rayo de luz entre las nubes acuosas que le inundaban los ojos. Una sonrisa que desaparece cuando en el gélido y oscuro cielo de aquella tarde, en aquel callejón en la avenida de Ramón y Cajal, sus miradas se cruzan y los ojos de Sara le transmiten el fatal desenlace de aquella cruda y oscura

134

tarde de invierno. Sus ojos estaban igual de anegados de lágrimas que los de su compañero y su rostro expresaba impotencia, rabia. Trae los brazos colgando a lo largo del cuerpo, en la mano derecha su arma, la deja caer al suelo. Con los labios apretados se apoya sobre el coche, poniendo la cabeza sobre la parte más alta de la carrocería. Reunió las fuerzas de flaqueza necesarias para volver a mirar a Ioar y decir:

—¡Están muertos!, Lola y… ¡Oh Dios! ¡Lola y Goyo están muertos! Nuestros compañeros; tumbados, nadando en un charco de sangre, de su propia sangre. Dos compañeros, dos maestros que me habían adoptado en mi novatez y tanto la han enseñado. ¡Esto no tenía que pasar!, ¡no podía pasar…!

Pero esa era la puta y cruel realidad. Los refuerzos llegaron pronto y les encontraron sentados en el suelo, abrazados como dos niños temerosos, apoyados contra el coche, llorando, haciéndose caricias en la cara. Había empezado a llover de nuevo. Ahora solo quedaban ellos dos.

Un par de horas más tarde después de unas curas en la ambulancia que había mandado el cuerpo al callejón, una ducha en la comisaría y un par de cafés, Sara y Ioar volvieron a verse las caras, era en la sala de reuniones.

—Hola Sara, ¿cómo estás? —preguntó Ioar evitando mirarla a los ojos.

—No, no me lo puedo creer aún. Están… ¡Joder esta mañana estaban con nosotros! —las lágrimas vuelven a tomar al asalto sus pequeños ojos marrones que brillan melancólicamente.

—¡Es una putada, esto es una putada!

Quedaron en silencio unos minutos, cuando entró en aquel salón el comisario Benavente. Miró a los dos detectives detenidamente de forma paternal, aunque en realidad no sabía qué decir. Era una situación difícil porque nunca había perdido dos valores y mucho menos dos tan importantes y cercanos.

—Hola hijos, no tengo palabras para describir esto, solo que tenemos que superarlo como sea; bueno, aún no sabemos cuándo será el funeral. Si queréis podéis tomaros un descanso hasta que éste pase, quizá sea lo mejor.

—Yo ahora no podría parar en casa sabiendo que los hijos de puta que han matado a nuestros compañeros están sueltos —dijo Sara con un gesto de dignidad en su ojeroso rostro castigado por un golpe demasiado fuerte para asimilarlo quizá en lo que le restaba de carrera profesional.

—Yo también prefiero seguir si a usted no le importa. Anna, Lola, Goyo…

—Está bien, les entiendo. Les contaré lo que hay. Al parecer era un piso franco, aún lo están revisando los de la científica para ver qué encuentran. Cuando entraron los técnicos encontraron cuatro cuerpos inertes —el comisario sabía por experiencia que había momentos en que la cuidada elección del lenguaje, podía ahorrar o añadir sufrimiento a las situaciones ya de por sí dramáticas—, dos de nuestros compañeros y otros de dos de los agresores —una leve sonrisa de satisfacción que se apagó rápidamente se asomó a los labios de Ioar—, también sabemos que al menos uno más ha logrado escapar o no estaba allí en el momento del tiroteo pero datos preliminares enviados por los técnicos en la escena, demuestran que al menos dicho piso era frecuentado por tres personas: los dos muertos y un tercero que ha sido identificado y que está siendo buscado en este momento.

Las miradas de los tres se entrecruzaron, cansadas, humedecidas, párpados entornados y ojos hinchados de rabia, llenos de rabia. Ahora todos se irían a sus casas, solos, a llorar en la oscuridad. Mañana amanecería y la vida seguiría rodando.

—¡Ni una gota de alcohol! —soltó el comisario mirando fijamente a Ioar.

—Ni una gota —contestó éste siendo muy poco convincente. Pero hizo acopio de fuerzas de algún lugar en su interior donde no tenía ni idea que las tuviera y se fue a su casa.

15

Bilbao, 5 de enero de 2015

Esa mañana Luar y Agatha coincidieron en la cocina a la hora del desayuno, cuando esto sucedía —que era bastante a menudo porque las dos éran madrugadoras— no se dirigían la palabra hasta que habían terminado el café, era como un pacto tácito de no agresión. Esta vez fue igual aunque Agatha no levantaba la vista de su taza, comió dos madalenas más de las acostumbradas, para alargar el momento y así retrasar lo inevitable; enfrentarse a aquella niebla pesada que flotaba en el ambiente: la bronca de la noche anterior. Una vez corrido el velo del sueño de recién levantadas, pudo comprobar que todo estaba olvidado, que seguramente Luar pensaría que fue un calentón y que en el fondo la comprendía. No volvieron a hablar del tema. Ese día…

Era domingo y Luar dijo que se iba a dar una vuelta en bici, que había quedado en Basauri con su profesor de esgrima para practicar, con el examen a la vista, quería relajarse un poco antes de acometer el último esfuerzo. Agatha tenía la certeza de que lo iba a sacar de calle. Como siempre.

Se quedó en casa aguantando los dolores que en ese momento parecían mayores, de vez en cuando un pinchazo agudo le sacudía la zona del hígado. Puso las noticias:

«Se habla ya de un asesino en serie...». Así terminaba la extensa crónica que había dedicado el noticiero de la televisión autonómica al asesinato que se había producido esa misma mañana. Un hombre había sido cosido a balazos en su apartamento de la avenida de los Tilos en el barrio de Algorta en Getxo. Se trataba de Albert Giró, un conocido filósofo asiduo a las tertulias televisivas, a las que llevaba siempre su discurso ateo y anticlerical. Decía que había que pensar más por uno mismo y que no se podía creer en lo que uno no tiene pruebas. También le oí decir una vez que él no creía en Dios pero que tampoco podía afirmar con rotundidad que no existiese, ya que no podía probar tal extremo. Siempre promulgaba la ciencia como alternativa a la religión y la asunción de la premisa de que hay cosas a las que el ser humano nunca va a poder dar respuesta, en vez de darle dicha respuesta a través de «cuentos de un ser supremo y una vida eterna». Era un charlatán que se merecía lo que le hicimos, además nos tendría que estar agradecido por librarle de su delicada salud.

La policía había encontrado en la habitación del crimen pintado en la pared con la sangre del muerto mezclada con vino el versículo 9:11 del *Apocalipsis,* hecho por el cual lo relacionaba con el asesinato de Meritxell Uría y estaban diciendo que buscaban a un asesino en serie de personas relevantes. Pero Agatha sabía que no era así, ella sabía a estas alturas cuál era la razón del asesinato y tuvo en varias ocasiones a lo largo de la mañana el teléfono en la mano. Incluso llegó a marcar el número de la Ertzaintza, sin llegar a pulsar el botón verde.

No creo que a estas alturas de la película, Agatha pensase ya en artículos, ni mucho menos en premios. El espejo del cuarto de baño le devolvía la imagen del miedo reflejado en su rostro. Mojó su cara con agua fría, se secó con su toalla. Impregnó de cacao sus secos labios y suspiró. La preocupación por Luar se asomó a su corazón cuando miró por la ventana y vio que allí seguían aquellos gorilas. Cuando su compañera de piso salió con la bicicleta, habría tenido que pasar junto a ellos. Se dio la vuelta y fijó su mirada en el teléfono, otra vez unos segundos, unos largos segundos…

—«Ioar» —suspiró casi aliviada, mientras miraba una foto enmarcada de Luar en el mueble central de la sala.

En aquellos momentos de tormenta emocional, en aquella fría mañana anterior a la noche de Reyes, aquel asesinato anunciado por la televisión daba una vuelta de tuerca más al asunto y encajaba más en Abaddon que en «Nuevo Edén». Pero, ¿cuál sería la conexión? Seguro que estas preguntas martilleaban la cabeza de la periodista sin descanso. Prueba de ello es que hizo algunas llamadas para comprobar si Albert Giró era socio, o benefactor de «Nuevo Edén», sus actividades y algunos detalles más de su vida, una hora o así al teléfono que le llevaron al principio: no era una persona ni mucho menos adinerada y su influencia era bastante escasa a pesar de aparecer con asiduidad en televisión. Descubrió, eso sí, que era una persona bastante vulnerable, un objetivo fácil, postrado en una silla de ruedas por una rara enfermedad de la que apenas había veinte casos en todo el Estado español.

Es precisamente por esto que fue elegido para ser ejecutado: un blanco fácil que dedicaba su vida a desprestigiar el nombre de la Iglesia.

Ya por la tarde, sobre las cuatro y media, Luar entraba por la puerta.

—¿Qué tal van esos dolores? —preguntó cariñosamente.

Agatha se ruborizó ante la ausencia de reproches, una lágrima recorrió su mejilla.

—Mira Luar, ayer…

—Calla tonta. Te acababan de dar unas hostias y yo te pedí más de lo que podías dar en un momento tan duro. Estoy muy preocupada.

—No, no. Yo entiendo tus temores. Esos tipos todo el día ahí en la puerta. Perdóname, no debí tratarte mal.

—No hay nada que perdonar, está olvidado. Pero sí me gustaría que me dieses alguna explicación. ¡No llores, Anna!

—Para eso necesitaremos una botella de vino…

—¡Y la fondue!

Se dieron un consolador abrazo que devolvió la sonrisa tenue al rostro de Agatha y se pusieron manos a la obra. Una de Viña Albina en agua con hielos y el gruyère fundido con pan tostado y patatas parisinas. Se sentaron a la mesa de la sala y se dispusieron a dar buena cuenta de la cena. Cuando el vino le había empezado a soltar la lengua comenzó con su relato.

Le habló entonces de Londres y de Edgard Koch, de la lista de supuestos evasores y la vuelta a Bilbao. De cómo se entrevistó con Joshua Ben Joseph y lo que descubrió al husmear en los presupuestos del comedor social. Pero no le habló de muertos y mucho menos de Abaddon ni de mí, un descendiente del Obispo de Osma. No le habló de sangre mezclada con vino ni de versículos de la *Biblia*. De nuevo no estaba siendo del todo sincera pero ni el vino consiguió librarle de esa necesidad —obligación autoimpuesta yo diría— de protegerla.

A la mañana siguiente al despertarse cumplieron con lo que ya se había convertido en una tradición del día de Reyes: regalarse un libro la una a la otra. Cuatro o cinco años atrás, por una de esas casualidades que a veces se dan en la vida, las dos tuvieron la misma idea.

Para este año Agatha había comprado para regalarle a su compañera de piso *Invitación a un asesinato* de su admirada Carmen Posadas —reconozco que comparto esta idea con ella—. Por su parte Luar Takese le regaló *Cianuro espumoso* de Agatha Christie, en una bonita edición de coleccionista de elegante acabado en rústica. Aquel que haya leído el primero, encontrará una coincidencia divertida en tales elecciones. Fruto, de nuevo, de la casualidad.

Para cuando la joven universitaria se levantó, Agatha ya había ido a la panadería que hay en La Salve a comprar un pequeño rosco del que solo comerían un pedacito cada una y que todos los años acababa en la basura. A la vuelta se percató de que no tenía vigilancia en el portal.

—Los matones estarán abriendo regalos con sus hijos —masculló entre dientes.

Pasaron el día juntas viendo la tele, el sorteo de la lotería y cómo se desvanecían sus sueños millonarios y el dinero invertido —el de Agatha bastante más que el de Luar—. Cocinaron y comieron juntas, luego echaron la siesta —eso, separadas—. A la tarde vieron una película y cenaron. Tuvieron un día tranquilo preludio de la tormenta que se avecinaba.

16
Bilbao, 17 de enero de 2015

Era temprano; las nueve menos diez aproximadamente cuando se reunieron los tres en torno a la mesa en la oficina diáfana, las caras rebosaban de falta de sueño pero ya no hablaron del tema hasta el día del funeral. Aquella mañana, a pesar de la losa del cansancio y el desgarro del dolor, lo único que querían los tres era coger al asesino huido, cerrar el caso y enterrar a sus compañeros; luego, llorar sobre su tumba.

—Aunque no podáis creerlo, tengo buenas noticias. Sí; por fin han llegado los resultados del pendrive y la verdad es que son esclarecedores en el sentido de que hay suficiente información para empapelar al señor Ben Joseph por evasión de capitales. La verdad es que Anna había profundizado mucho en este camino. Tuvo la valentía y el saber hacer para colarse en la red de ordenadores de «Nuevo Edén», al parecer entre muchos documentos administrativos de organización de la secta —vamos a llamarla por su nombre—. Había un apartado muy específico con una contabilidad B que desviaba a la City de Londres —como creía Anna—, y paraísos fiscales Offshore como Gibraltar y la isla de Man. También hemos podido saber que tenían, y digo tenían, porque el señor Joshua Ben Joseph ya ha sido detenido y está siendo trasladado en estos momentos hacia aquí. Como decía, tenían sobornados a no pocas personalidades con dinero o poder, que aparecían como benefactores de «Nuevo Edén». Creo que vamos a tener trabajo de sobra en los próximos días con tanta gente que va a tener que pasar a declarar por comisaría, así que hay que ponerse las pilas. De lo que no hay nada es de Abaddon ni de sociedades secretas ultra católicas, ni nada por el estilo.

—Entonces estamos a medias, ¡hay que detener al hijo de puta que se escapó del piso de Ramón y Cajal! —soltó Sara irritadamente.

—Estamos tras él. Ahora nos tenemos que centrar en el jefe de «Nuevo Edén», al que tenemos cogido por los huevos. A ver si conseguimos que nos entregue a alguien más. ¡Ah, más trabajo! Hoy vendrá también a declarar Ricardo, el vagabundo. Ya le han dado el alta y quiere colaborar. Le dije que pasara cuando quisiese.

Y fue lo que hizo, pasó nada más salir del hospital. Cuando Ricardo entraba en la comisaría y preguntaba por el detective Yoel, éste se encontraba en la sala de interrogatorios con el señor Joshua Ben Joseph, el cual lo tenía muy crudo. Alegó que aquellas pruebas «robadas» por Anna no tenían ningún valor dada la forma en que habían sido conseguidas. Pero el comisario, que ya tenía muchas batallas sobre sus hombros y más de una pérdida, había solicitado de urgencia al fiscal general una orden de registro y los ordenadores de «Nuevo Edén» ya estaban siendo desnudados legalmente. Esto le proporcionaría además bastante información adicional para empapelar a aquel que ahora tenían enfrente y también se iban a sumar muchas declaraciones de personas que ya no estaban con la soga al cuello. Y aunque todos sabíamos que la mayoría optaría por mantener silencio, no había nada que negociar, iba a ir a la cárcel de cabeza, era un montante de diez millones de euros lo que se había escapado del país por las rendijas de los negocios turbios de Joshua Ben Joseph; como para veinte años y otros diez al menos por extorsión. Joshua pidió un abogado...

Para nosotros Joshua Ben Joseph no era más que un instrumento al que habíamos utilizado a nuestra conveniencia, ahora quizá estaría mejor a la sombra, la policía nos iba a hacer el favor de quitárnoslo de en medio. El siguiente capítulo no sería tan gozoso para mí.

Con el citado abogado llegó a la comisaría Lluvia Meralhes, con su minifalda y sus piernas de infarto, con su escote subido a fuerza de comprimir las tetas. La idea de infiltrarla en «Nuevo Edén» partió de ella misma, le hacía mucha gracia tener al señor Ben Joseph comiendo en su mano, siempre arrastrado ante ella, preso de sus encantos. No tuvo más que tragar saliva —todo por la causa— y acostarse con él un par de veces. Fue fácil y al parecer para ella fue divertido también.

La puerta del ascensor se abrió ante ellos, el abogado —uno de los mejores de la ciudad— silbaba, aparentemente tranquilo, tenía eso sí, cara de pocos amigos. Lluvia, en cambio, aparentaba intranquilidad. Salieron a la oficina diáfana que se inundó de aroma a Scada Joyful. Algunos detectives se volvieron a mirar…

Al tiempo, en la planta baja de la comisaría, una agente uniformada maldice al ascensor cuya puerta parece que se ha quedado abierta en la segunda planta.

—Vayamos por la escalera, don Ricardo.

—Vale, vale, vayamos —contesta Ricardo «el vagabundo», con malas pulgas.

Ascienden las escasas escaleras que hay entre ambas plantas y en un momento se encuentran en el espacio común de los detectives de homicidios. El agente pide una silla para Ricardo que ha llegado resoplando. Se sienta, respira y levanta la mirada que se choca con unos grandes y magnéticos ojos negros y rasgados.

El tiempo se detuvo un segundo, se miraron. Ella sabía quién era él. Él comprendió rápidamente, no podía quitarse aquella mirada de la cabeza. Le había robado el sueño todas las noches desde aquella noche, en aquel callejón de la avenida Ramón y Cajal…

—¡Es ella! —exclamó Ricardo al tiempo que se agarraba al antebrazo de la agente que le acompañaba para amortiguar que le habían fallado las piernas y en su rostro asomaba una expresión de pánico—. ¡Es la mujer que asesino a la otra mujer en aquel callejón!

—¿Cómo? —preguntó la agente intentando zafarse de la mano que le apretaba temerosa.

—Es ella, estoy seguro —dijo ya susurrando—, es quien mató a aquella periodista.

La agente dudó un segundo y luego se dirigió a Lluvia Meralhes:

—Su documentación, por favor. ¿Me podría usted decir qué ha venido a hacer a la comisaría?

—Por supuesto —dijo Lluvia Meralhes—. He venido porque un amigo mío está detenido y quiero saber de él. —Sus miradas volvieron a cruzarse, el rostro de la señorita Meralhes se volvió hosco y amenazante al mirar a Ricardo. La agente supo apreciar el detalle.

—Señorita Meralhes, acompáñeme por favor.

—¿Estoy detenida?

La agente no contestó pero la condujo a una sala de interrogatorios donde la dejó sola hasta que Ioar y el comisario terminaran con Ben Joseph y su abogado.

Estos últimos no tenían mucho margen de negociación, aun así, el abogado del señor Ben Joseph había decidido ir a juicio y jugárselo todo a una carta. Cuando terminaron, era la hora de comer, pero aquel día no iba a tener tal hora.

Nada más salir, el comisario Benavente fue informado de lo sucedido y avisaron a un trabajador social para que se encargase de Ricardo.

—Ahora tiene que intentar dar un rumbo a su vida. Guillermo —que es como se llamaba el funcionario de asuntos sociales—, le puede echar una mano. Nos ha sido de gran utilidad descubriendo a la asesina y estoy seguro de que ella sabe cosas que aun a nosotros se nos escapan. Creo que no será necesario que le tengamos que molestar hasta el día del juicio. ¡Qué le vaya bien!

Así, de golpe y porrazo —con Joshua Ben Joseph entre rejas a la espera de juicio—, tenían a la asesina y una declaración de un testigo presencial. Ahora era cuestión de saber jugar sus cartas e intentar sacarle lo más posible a cambio de un trato. Era el ABC del interrogatorio. También observar a la detenida un rato antes de entrar. Esto cumplía con dos cometidos. Por un lado, estudiar su lenguaje corporal un poco, y por otro, ponerle nerviosa, ya que cuando tú estás en una sala de esas sabes —aunque no puedes verles— que te están observando, y eso genera mucho estrés. Los polis lo saben y juegan con ello.

Entraron en la sala contigua al cuarto de interrogatorios, era una estrecha estancia en la que como ya he dicho, se observaba a los detenidos. En los interrogatorios también solía haber un «mirón» a este lado del cristal para tener otro punto de vista. Apenas entraron los tres, Sara cerró la puerta y cuando esta no había terminado de sonar en su beso con la jamba, vestida con aquel marco insonorizado, el comisario soltó un alarido de sorpresa y estupor a partes más o menos iguales:

—¡Oh no!, ¿qué hostias? —a través del cristal-espejo mono direccional, se veía a la señorita Meralhes echada sobre la mesa, parecía dormida, pero se la adivinaba inerte en el caer de sus extremidades superiores, colgantes hacia el suelo. —Señorita Meralhes—. El comisario activó el micrófono de comunicación con la sala de interrogatorios, recibiendo nula respuesta. Abrió la puerta y luego la de la sala donde se encontraba la secretaria de «Nuevo Edén». Ioar y Sara lo observaban todo con nerviosismo desde la velada cortina del espejo de vigilancia.

El comisario se abalanzó sobre el cuerpo sin vida de Lluvia Meralhes. Observó los parpados cerrados, su bello rostro había perdido toda expresión y un hilo de espuma mezclada con saliva le colgaba por la comisura del labio, llegando a formar un pequeño charco sobre la mesa. El comisario Benavente miró hacia el espejo e hizo un gesto negativo moviendo la cabeza de izquierda a derecha y viceversa. Los dos detectives entraron en la sala. ¿Qué había pasado? Y sobre todo, ¿cómo había podido pasar?

Llegaron los de la científica y determinaron que se había envenenado; en el cuello portaba un colgante en el que había restos de arsénico. Esta primera impresión fue corroborada por la autopsia, además de revelar que en el glúteo, Lluvia Meralhes tenía tatuadas tres letras: ABD.

De pronto la situación había cambiado; de tener a la autora material del crimen —siempre según la declaración de un vagabundo, mal alimentado y que posiblemente en el momento del suceso estuviera borracho—, a tener un cadáver en la sala de interrogatorios. Un giro nada favorable para los intereses de la policía. Para colmar el vaso, una llamada telefónica fue a traer más noticias luctuosas:

—Comisario Benavente, dígame… sí, nosotros llevamos el caso del asesinato de la señorita Young. ¿Cómo? ¿Muerto? ¡Hostias!… ¿En el parque de atracciones? Sí; descuide, nosotros nos hacemos cargo. ¡Adiós! —el comisario apretó la tecla roja de su teléfono móvil—. Bien, era de la central, otro fiambre. Esta vez el padre Esnaider. —Sara y Ioar abrieron los ojos como platos al unísono, el comisario añadió: veintidós puñaladas.

—¿Veintidós puñaladas?, pero si… —Ioar se quedó sin habla y Sara repuso:

—¡Qué salvajada!

—Tenemos que ponernos las pilas, esto parecía resuelto, pero este cadáver tiene clara relación con el caso.

Ciertamente tenían que ponerse las pilas, el trabajo se les volvía a acumular y al día siguiente era el funeral de Goyo y Lola, ese sería otro trago…

17
Bilbao, 7 de enero de 2015

Aquella noche algo pasó en el interior de Agatha, quizá algo que soñó, quizá el día de relax junto a su dulce compañera de piso. El caso es que por la mañana se levantó con energías renovadas, el miedo parecía haber dejado paso a una fuerza invisible que la empujaba. Lo que Agatha no veía es que la empujaba al abismo…

Había retomado la idea de intentar entrar de forma remota en la red informática de «Nuevo Edén», sabía que con algunos conocimientos y un poco de cara dura se podía colar. Podría acceder a los datos que pudieran tener almacenados en los ordenadores de la «asociación». Seguro que habría información suculenta. Este sería el golpe definitivo para desenmarañar la relación entre «Nuevo Edén» y Abaddon. Solo tenía que enviar un correo electrónico con algún tipo de camelo en forma de archivo adjunto y conseguir que alguien se lo descargase. Una vez conseguido esto todos los ordenadores de la red estarían a su merced, siempre y cuándo estuvieran encendidos.

Pensó durante el desayuno —aquella mañana estaba sola, ya que Luar se fue a la mañana pronto a la universidad— la forma de llevar a cabo su plan. La resolvió, atacando por el lado que parecía más débil. Se descargó un catálogo de moda en formato PDF y en él introdujo el archivo ejecutable. «bach-door/ciadoor.exe», buscando un poco en internet se pueden encontrar cientos de tutoriales para manejar este tipo de archivos de una forma efectiva. Le dio una apariencia externa para que le llegase a la secretaria de «Nuevo Edén» —que iba a ser su aliada «inocente»—, en forma de envío publicitario. La verdad es que no había más que verla; podía ser muy «espiritual» pero le gustaba gastar en ropa y cosméticos como a la Presley en zapatos. Gastaba en marcas caras. ¡Agatha sabía un rato de marcas caras! Picaría casi seguro. Al ser el de la secretaria el correo electrónico de contacto que venía en la web, lo tenía que atender ella. Por ahí iría.

Otra cuestión a considerar era desde dónde perpetrar el ataque, porque una dirección IP es muy fácil de rastrear. Así que debía de hacerlo en algún lugar público y alejado de su entorno.

Montó una tarde en el metro y dijo en voz alta: «Hasta la última estación». Y así en tres cuartos de hora se plantó en Plentzia. Un pueblo de la costa bizkaina —a veinticinco kilómetros de la capital—, que en verano cuadruplica su población y cuya playa recibe cientos de visitantes diarios en dicha época del año, pero que en el invierno, apenas viven cuatro mil personas. Un pueblo de mar que en fechas navideñas está «muerto». ¡Era el lugar idóneo!

Paseó por sus estrechas calles adoquinadas un buen rato, cuesta arriba, cuesta abajo, haciendo frente al frío aire marino, calado de sirimiri que se colaba por entre las calles empedradas, hasta que encontró un cibercafé, era casi la única calle que tenía comercio. Decidió que lo haría desde allí. Era lo suficientemente anónimo para llevar a cabo el plan. Creó una cuenta de correo fantasma para el embuste, dándole el nombre de la empresa anunciadora del catalogo@hotmail.com. Le mandó el correo con el archivo que había preparado en su casa. Ahora solo le quedaba esperar. Cuando la secretaria se descargara el archivo podría acceder sin restricción a todos los ordenadores que estuvieran en la red.

Su plan en un principio era enviar el troyano y volver al día siguiente a ver si había habido suerte. Caso de que María hubiera picado, el ordenador de «Nuevo Edén» estaría ya infectado y a merced suya; pero sucedió que la secretaria recibió el archivo y su aplicación de escritorio le avisó de ello y como no tenía otra cosa mejor que hacer para matar el aburrimiento, le vino de perlas recibir un catálogo con las últimas novedades de la temporada de invierno. Leyó el cuerpo del mensaje —redactado al vuelo por la misma Agatha y emulando los emails publicitarios que ella misma recibía— y se descargó el archivo. Ahora la red de «Nuevo Edén» estaba completamente expuesta. Pero esta no fue la única cagada de María y es que en su cuenta de usuario guardaba unas grabaciones que comprometían a un pez muy gordo de la policía.

Agatha se había traído un disco duro USB de 500 GB que calculó sería suficiente. Instaló el archivo cliente en el ordenador y voilá, tras diez segundos de carga tenía ante sí el árbol de carpetas del PC de la secretaria, y tras indagar un poquillo por los entresijos de la red, fue encontrando y descargando una a una todas las que le parecieron relevantes.

La primera sorpresa fue la nomenclatura de dichas carpetas: «Leviatán», «Asmodeo», «Astarod»... «¡Jerarquía infernal!, definitivamente esta gente está chiflada» —masculló, mientras los archivos iban descargándose al disco. Y como última sorpresa: «Abaddon».

Para no llamar mucho la atención abrió el navegador de internet y se puso a leer las noticias. A decir verdad no miró mucho lo que descargaba, arrampló con todo y luego en casa tranquilamente ya lo seleccionaría. Supuso que tendrían gente competente en la sección informática y que no tardarían en darse cuenta de la intrusión así que una vez que tuvo 30 GB desenchufó y se largó de allí.

—No volveré a Plentzia hasta el próximo año —dijo en voz alta mientras introducía el billete en el torno del metro. La verdad es que no volvió nunca más…

Dos días más tarde, el cibercafé fue atracado y se llevaron las grabaciones de las cámaras de seguridad. ¿Casualidad?

Lo primero que hizo cuando estuvo en casa, exhausta y emocionada, fue encender el ordenador y conectar el disco duro externo. «Reproducción automática». ¿Qué desea hacer? «Abrir la carpeta para ver los archivos», clic.

Como ya había podido observar en un principio, la información estaba organizada en carpetas con nombres de príncipes del infierno, eso no tenía mayor importancia, empezó por la que más le sonó: «Belcebú». «¿Qué secretos guardaría «El señor de las moscas»? Clic.

La sorpresa fue mayúscula, no, lo siguiente. Se trataba de un grupo de unos cincuenta archivos de vídeo en un formato completamente desconocido para ella y por lo que pudo ver en internet para el resto del mundo. «Algo muy extraño» —pensó—. «Tendré que investigar un poco más».

De pronto recordó que una de las carpetas estaba nombrada como «Abaddon». La buscó, lo que le costó un poco, pero al fin la encontró y al abrirla halló la misma decepción: archivo encriptado.

La verdad es que podía pedir ayuda a Luar pero por otro lado y bajo ningún concepto quería meterla más en esto, ya le había contado demasiado.

Abrió otra carpeta. Clic. «Amón», tenía por nombre el del hijo de Satanás y contenía archivos .doc. y PDF también encriptados; y aunque la periodista sabía algo de algoritmos de cifrado de información, que había ido aprendiendo en el ejercicio de su profesión y tenía varias aplicaciones para este particular, no pudo ver nada de lo allí almacenado. Una frustración que continuó con el resto de carpetas: «Asmodeo», «Leviatán», »Mammón»… Todas ilegibles a sus ojos. Decidió que lo mejor sería hacer alguna copia y por ello transfirió los 30 GB a dos pendrive. Uno, lo depositó en el interior de un apartado postal en una oficina de correos y el otro, lo introdujo dentro de la impresora que tenía en la sala, adosado con cinta americana a la cubierta trasera; el disco duro lo formateó. Salió a dar una vuelta por el Campo Volantín, hasta el ayuntamiento y volver. Chispeaba.

La noche cae sin remisión a las cinco de la tarde, a estas alturas del año, sobre este pequeño rincón del mundo, y eran apenas dos horas más tarde cuando Agatha Miller pulsaba el botón del mando a distancia del garaje de su domicilio. La puerta se elevó haciendo su característico ruido y el golpe, al llegar a su punto más alto. Había tomado la precaución de entrar por el garaje para evitar a los matones de la puerta. No lo iba a conseguir...

Entró buscando a tientas el pulsador de la luz, sabía de memoria donde estaba, pero antes de alcanzarlo sintió una patada en su tobillo derecho, a forma de zancadilla, que la derribó, estrellándose contra el suelo y golpeándose la cabeza. Quedó unos segundos conmocionada y para cuando pudo reaccionar recibió otra patada en el costado que la hizo encogerse de dolor, quedando tendida hecha un ovillo de espaldas al agresor, que la cogió por el cuello de su chaqueta —que al romperse soltó alguna pluma—, le dio la vuelta y dijo:

—¡Segundo aviso, hija de la Gran Bretaña!, a la próxima: ¡Pum, pum!

Acto seguido la propinó un puñetazo en la cara. Justo en ese momento se oyó de fondo un silbido, el agresor de Agatha que ya tenía el brazo armado para volver a golpear, paró, la soltó, se levantó y salió corriendo.

En la puerta se cruzó con un coche que entraba en el aparcamiento privado de la finca. Era un coche familiar, pero no por su tamaño, sino porque era el que no hacía más de un mes había comprado de segunda mano Luar. Estuvo a punto de pasarla por encima, pero por suerte para ellas las luces de cruce iluminaron el cuerpo encogido y magullado de Agatha tendido en el suelo. El corazón de Luar dio un vuelco en su pecho. Salió del coche y se abalanzó sobre su amiga.

—Anna, ¿qué ha pasado? —Agatha la miraba callada, tenía una fuerte contusión en el pómulo y sangraba del labio inferior.

—Unos hombres, esto se está poniendo muy feo, ayúdame por favor a subir a casa.

El ascensor del garaje comunicaba directamente con los pisos, así que en menos de cinco minutos estaba tumbada en su cama. Luar le preparó una infusión de unas hierbas orientales y poco después se quedó dormida. Despertó una hora después poco más o menos. Luar estaba sentada en una silla junto a la cama.

Parecía triste, Luar parecía triste. En los dos años que llevaban juntas en el piso había sido capaz de desarrollar empatía con Agatha. Era una mujer enormemente inteligente y quizá no a nivel consciente pero su interior era capaz de percibir su miedo.

—¿Qué ocurre Anna?, ¿a qué ha venido esto?, ¿quiénes eran?

—Bueno Luar, cuanto menos sepas mejor, el artículo que estoy escribiendo va a ser la bomba pero está escociendo a algunas personas.

—Algunos mafiosos, diría yo. Cualquiera no te pone en la puerta de casa a Hulk Hogan y a Steven Seagal para que te rompan los huesos llegado el caso…

—Me estaban esperando en el garaje…

—¿Pero quién? —la tristeza se transformó en miedo, en sus ojos de amanecer oriental.

18

Bilbao, 18 de enero de 2015

No cabía un alfiler en la iglesia de San Pedro, donde se había celebrado el oficio fúnebre por los dos policías, cuyos cuerpos habían sido incinerados aquella misma mañana. Allí Ioar vio a compañeros de otras unidades y comisarías, familiares de ambos, políticos con ganas de notoriedad y a algún antiguo novio de Goyo. Al que no fue capaz de ver y eso que lo estuvo buscando fue a David, y aún a día de hoy, el detective no tenía noticias del joven amante cubano de su compañero. Estuvo dos veces intentando dar con él en su trabajo y la segunda se atrevió a preguntar. Le dijeron que simplemente un día no fue a su hora y que no sabían nada él desde entonces. No podía preguntar a nadie porque tenía la certeza de que era la única persona del entorno de Goyo que lo conocía. Otro que no estuvo en el funeral —excusando su ausencia por algún asunto familiar—, fue el superintendente Bernabé de Dios, convirtiéndose así en el foco de gran parte de las críticas en los corrillos que se formaron en el pórtico de aquella iglesia.

Era la tarde más fría de lo que llevaba de invierno. El sirimiri caía congelado sobre los coches aparcados en desorden frente al pórtico de aquella antigua parroquia en la que décadas atrás había sido bautizado Ioar.

Al finalizar la misa, como es costumbre estuvieron tomando algo en los bares de alrededor de la iglesia, Ioar que había ido con Sara, coincidieron en uno con el comisario y Luar Takese y Julen Goikoetxea, que también habían tenido el detalle de acercarse por el funeral. Pasadas ya las típicas y políticamente correctas palabras y frases de este tipo de actos, alabando la categoría humana y profesional de los finados y una vez el vino empezó a soltar los espíritus normalmente agarrotados en tardes como ésta, la conversación se desvió por otros derroteros, cada uno hablaba de sus cosas. Ioar y Julen se miraron a los ojos.

—¿Es usted el detective Yoel?

—Sí —contestó secamente Ioar.

—He oído que se veía con Anna.

—No creo que sea el momento…

—Sí, sí lo es. Solo quería decirle...

—Déjelo —Ioar fue más seco aun en esta ocasión.

—Por favor, escúcheme. Anna era una gran mujer y yo me comporté como un gran capullo con ella. Lo peor de todo es que no he sido capaz de verlo hasta ahora, cuando Anna ya no… ¡Mierda! —hizo un pequeño inciso, sus ojos estaban humedecidos. Luego aspiró aire y continuó—. Con usted quizá podría haber sido feliz, se le nota que la quería, su actitud en la comisaría lo demuestra.

Ioar se quedó de piedra, no sabía qué decir. Lo miró y asintió, miró al camarero un segundo y se dio media vuelta diciendo un simple: «Adiós». Se quedó un momento dándole la espalda respirando profundamente, luego aparecieron el comisario y Lola, que le llevaron aparte. Sus expresiones no eran las de dos personas que acuden a un funeral, es más, denotaban alegría.

— Los de la científica han sacado huellas del piso donde murieron Goyo y Lola y hace apenas veinte minutos han practicado una detención, el agresor que escapó del piso. ¡Lo tenemos! Mañana a primera hora le interrogaremos. Puede ser la pieza definitiva de este caso.

19

Bilbao, 19 de enero de 2015

A la mañana siguiente Lucas estaba sentado en la misma mesa en la que apenas unas horas atrás se había quitado la vida la bella Lluvia Meralhes. Había sido detenido de madrugada, en una pequeña pensión a la que le habían seguido el rastro los agentes de policía, gracias a una huella suya hallada en el piso donde murieron los detectives Pedraza y Lomoviejo, y los dos miembros de «Abaddon». Un descuido de principiante que le costaría unos cuantos años de cárcel. Era un hombre menudo, poco pelo en la cabeza, cejas pobladas y expresión altanera, llevaba un colgante de oro, que el detective Yoel le arrancó de un tirón.

—¡Justo lo que me imaginaba! Estáis dispuestos a morir por la causa por lo que puedo comprobar. De hecho, Lluvia Meralhes, lo hizo ayer en esta misma mesa.

Roberto Lago —que era su verdadero nombre, lo de Lucas era el sobrenombre con el que se le conocía en la organización— hizo una mueca mezcla de sorpresa, melancolía y asco, habló por primera vez desde que un agente le sacara de la cama en aquella ruinosa habitación de la calle Dos de Mayo.

—«María» era un valioso activo para nuestra cruzada y, como manda el manual de actuación, se sacrificó en pos de dicha cruzada.

—¡Y en pos de dicha cruzada matasteis a mis compañeros! —explotó Ioar.

—Metieron las narices en los asuntos de Dios y solo Dios elige a aquellos que están llamados a defender sus intereses.

—Y se queda tan ancho —pensó en voz alta Sara Castillejo.

—Pues te diré —cargó Ioar—, que tenemos detenido a Joshua Ben Joseph y quiere hacer un trato, seguramente no tiene tan claro el manual de actuación.

—Ja, ja —rió con la sonoridad de una cafetera italiana cuando silba para avisar que el café está listo—, Joshua, pobre diablo. Se puso el nombre de Jesucristo dejándose llevar por su desmesurado ego, pero es un pobre hombre. Él tenía montado su negocio de evasión de capitales y extorsión. Muy bien para hacerse rico, todo más o menos estudiado. Pero él nada tiene que ver con «Abaddon»; no señor, Dios nunca elegiría a un hombre tan avaro. Nosotros elegimos su organización para usarla como plataforma de lanzamiento de nuestra misión. Le mandamos a María, la que ustedes conocen como Luvía Meralhes y enseguida lo engatusó y empezó a trabajar allí como secretaria. Tuvo que hacer algún otro «sacrificio» por la misión y ese gilipollas estaba en nuestro bolsillo. Él, sus contactos y su red de seguidores… Un gran altavoz en el que insuflar sutilmente nuestro mensaje; más adelante conseguimos colocar a otro de nuestros miembros en contabilidad. Cada vez que sospechaba algo, María le echaba un polvo y se le olvidaba. ¡Gilipollas!

—¿Dice que colocaron un contable en «Nuevo Edén»?

—Sí, María le convenció de que era un primo suyo y que era el mejor en su especialidad. A partir de ahí empezamos a filtrar cantidades nada desdeñables de dinero de sus arcas a nuestras cuentas. ¡Le pueden acusar si quieren de colaboración con Abaddon!

—Te va a caer una buena.

—Jesucristo se sacrificó por los hombres; yo haré lo mismo ahora...

—Dime dónde se esconden el resto de miembros de la organización; entrégamelos y podemos ser generosos contigo.

—No hay más miembros, los que murieron en el tiroteo, María y yo.

—¿Y el contable?

—También era pistolero.

—¿Me dices que Abaddon no existe a día de hoy?

—Os entregaré los dos pisos que teníamos a cambio de una reducción de condena.

—Si no hay más miembros...

—De momento no, pero Dios proveerá.

Lucas había jugado muy bien sus cartas, esos pisos tal vez darían algo de información adicional a la policía, y él conseguiría reducir su condena en algunos años.

Así fue que Lucas consiguió amortiguar su penitencia con aquellas concesiones que no condujeron a nada a la policía; al final veinte años por cuatro muertes tampoco estaba mal. Con lealtad me protegió y será recompensado por ello.

Por su parte la policía daba por cerrado el caso y detenidos o muertos, los implicados.

El detective Yoel se ha cogido una excedencia y le ha pedido a su hermana que le haga un hueco en su casa; en Barcelona. Tiene que llorar a Agatha y a sus dos compañeros con el fantasma del alcohol susurrándole inquietante al oído. Pero Yoel se ha hecho más fuerte de lo que el cree estas navidades. Nuestro alma se refuerza en medio la tormenta...

20
Bilbao, 8 de enero de 2015

Cuando te encuentras en un peligro tal como el que se cernía sobre ella y sabes que puedes morir, no eres consciente de la trascendencia que tiene la muerte, no puedes pensar bien. Es como una especie de estado hipnótico, un carrusel en el que tomas lo más grave que te puede ocurrir como una cosa trivial, como si la muerte no fuera a ser el final. Es una autodefensa ante el miedo paralizante. Sacó de su cartera la tarjeta de visita que Ioar Yoel le había dado cuando hablaron por primera vez, miró el número y hasta sacó el teléfono móvil del bolso...

—Mañana nos veremos en Bidebarrieta —suspiró y la guardó.

Pero tenía que dejar las cosas atadas, hasta mañana quedaba una eternidad y fuera lo que fuera que habría en aquellos archivos era lo único que tenía, así que decidió trazar una especie de ruta a través de un lenguaje, que solo lo podría descifrar el detective Yoel por si acaso. Resolvió así y sin pensarlo mucho lo que podía usar como vehículo para el primer mensaje que le hiciera llegar un pendrive con la información «Robada» a «Nuevo Edén»; un libro sobre el que habían trabado conversación más de una vez. Cogió un libro de su biblioteca personal. Era una edición de *El estudio en escarlata* de sir Arthur Conan Doyle. Es aquel en el que abre el canon holmesiano y en el que Sherlock y John H. Watson se conocen y empiezan a compartir vivienda en el West End. Este libro tiene en sus últimas líneas un adagio firmado por Horacio Quinto Flaco en sus *Sátiras de la avaricia*.

Se fue a la biblioteca, pero no subió a la planta superior donde está la sala de lectura. Había pensado en esconder mejor la famosa nota pero no quería hacerlo en ningún lugar relacionado con ella. En el primer piso había una pequeña sala de estudio en la que no había entrado nunca, en cambio Ioar le había dicho en alguna ocasión, que la había utilizado para estudiar en varias oposiciones del cuerpo a las que se había presentado. Decía que era muy evocador «estudiar rodeado de Da Vinci, Horacio, Platón o Albert Einstein». Ioar se refería a los cuadros que jalonaban la sala; el de Horacio Quinto Flaco se podía ver desde la escalera si la puerta estaba abierta. Y era precisamente el poeta latino nacido en Venosa, sesenta y cinco años antes que Jesucristo, el que le iba a servir como vehículo transmisor de su mensaje. Creo que algo en el fondo de su alma le decía que las cosas iban a acabar mal.

La frase de Horacio tenía que conducir al detective Yoel hasta el citado cuadro. Adosado a su parte posterior, colocaría una bolsita de plástico con una llave y una nota manuscrita con un número: 171. Sabía que a las tres de la tarde solía haber muy poca gente estudiando en este lugar. Unos están comiendo, otros descansando, en resumen que solo había dos chicos en la sala y estaban a lo suyo, el lunes empezaba la selectividad y había que aplicarse. Se sentó lo más cerca del cuadro elegido que pudo y sacó unos apuntes de trabajo, traía también la bolsita preparada con cinta americana para pegarla en la parte trasera del cuadro lo más rápido posible. Aguardó a que a la tipa con cara de pocos amigos, que estaba al cargo de la sala, le entraran ganas de hacer sus necesidades. Solo necesitaba diez segundos. Los estudiantes seguían absortos en ciencias o letras dependiendo del caso.

Y llegó el momento en que la vejiga de la bibliotecaria dijo de aquí no paso y se levantó, moviendo su grueso culo hacia el excusado, sito fuera de la sala. Agatha también se levantó y en un certero movimiento de mano pegó la nota tras el cuadro, le colocó otra cinta de adhesivo que traía ya cortada, para asegurarlo a la parte trasera del cuadro del gran sátiro. Recogió sus cosas y en la puerta se cruzó con la bibliotecaria que volvía de su visita al excusado. Salió a la calle y nada más verse al desabrigo de la biblioteca empezó a tener miedo otra vez. Subió por el puente del Arriaga hasta Hurtado de Amezaga y allí tomó un taxi que le llevaría hasta su portal. No quería exponerse paseando por la calle; aunque el siguiente capítulo de esta historia no se iba a desarrollar en la calle…

Al llegar a la puerta de casa, ésta estaba abierta, un súbito miedo le invadió y empujada por un repentino e irracional arrebato, entró en casa sin pensar en las consecuencias. Empujó la puerta con un pie. Todo estaba patas arriba, estaba el televisor, el equipo de música… A simple vista solo faltaba el ordenador. Más tarde, en una búsqueda más profunda, descubriría que también faltaba una carpeta con algunas notas de artículos recientes; algunas sobre «Nuevo Edén» y Abaddon; solo cuatro notas como quien dice. Estaba claro. ¡Habían sido ellos! Por suerte, la impresora estaba en su sitio y la copia donde la había puesto. Como en su trabajo ya se había hecho bastantes enemigos, hacía tiempo que aprendió a guardarse las espaldas. Cuando constató que no había nadie en casa, llamó a Luar que no tardó en venir. Miraron todas las habitaciones. Solo habían revuelto la sala y su dormitorio, que lo habían puesto patas arriba, el resto estaba intacto. Habían aprovechado una hora que se había cogido libre el portero para ir al médico, ¿cómo hacían estos hijos de puta para enterarse de todo?

Cuando ya habían recogido un poco aquel desastre mayúsculo en el que habían convertido los intrusos su hogar, se sentaron en el sofá las dos juntas y se miraron a los ojos. La mirada de Luar era inquisidora, preocupada y triste. Su actitud mientras recogían todo había sido solidaria, cariñosa y comprensiva, pero ahora había cambiado.

—Luar —le dijo gravemente con varias lágrimas corriendo por las mejillas—, si algo me pasara… si algo me pasara, uno de los altavoces de la mini cadena de la cocina tiene la tapa trasera sujeta con tornillos —el otro viene con unas grapas de fábrica—, esos tornillos se los puse yo. Dentro de dicho altavoz hay un libro, si algo me sucediera, Luar, has de dárselo a un detective, se llama… —Agatha percibió con claridad que estaba asustándola pero no era para menos, ella misma estaba convencida que podía ser una de las últimas veces que hablara con su amiga y compañera de piso, la gran Luar Takese—, se llama Ioar Yoel, trabaja en la comisaría de Ibarrekolanda y dile que… —le volvió a temblar la voz— dile que es el mejor policía del mundo. Y dile que… bueno dile que estoy encantada de haberle conocido. —Su voz ya era un hilillo—. Él quizá no comprenda al principio, pero sé que entenderá mi mensaje…

21
Bilbao, 9 de enero de 2015

Sonó el teléfono. Había sonado ya varias veces esa mañana, pero ésta pilló a Agatha fregando las tazas del desayuno, se secó las manos, miró la pantalla del smartphone y suspiró. Era Julen.

—¿Le picará la polla? —pensó en voz alta.

—¡Felicidades cariño! —sonó el futbolista al otro lado del auricular.

—¿Qué quieres Julen? Estoy bastante jodida. Ayer me entraron a robar en casa y anteayer me dieron unas buenas hostias…

—¿Qué me estás contando?

—Lo que oyes, creo que no voy a moverme de la cama hoy, justo me he levantado para desayunar —exageró ella.

—¿Pero te han robado o algo? —Julen parecía preocupado de verdad.

—No, tiene que ver con la investigación que estoy haciendo para mi artículo —le refirió someramente lo acontecido en los últimos días.

—Había pensado en quedar para comer para celebrar tu cumpleaños, ¿qué te parece si paso a buscarte…? —se hizo un silencio que duró unos segundos, justo lo que aguantó la frágil voluntad de Agatha cuando de Julen se trataba. Continuaron la conversación un rato más por derroteros triviales. Agatha aprovechó para hacerse un poco la mártir y Julen la complació diciéndole lo mucho que la iba a cuidar. A la una y cuarto, quince minutos más tarde de lo que habían quedado, sonaba el timbre. Era Julen que venía a recogerla, la llevó a su casa en su Porsche Panamera.

Julen tenía un pequeño y coqueto ático en Deusto —además de un chalet en «La Bilbaína»—, un lugar perfecto para utilizar como «nidito de amor». Cocina americana, una habitación a la que había derribado los tabiques dejando todo en una pieza, todo menos el cuarto de baño. De las paredes que formaban el continente del apartamento colgaban diplomas y fotos de su época de futbolista, las baldas estaban repletas de trofeos. Era lo que se dice, un santuario.

La mesa estaba puesta cuando llegaron. Mantelería vasca, pero no de la roja y verde sino de grecas, azul y roja; Agatha la prefería así. Julen puso música: «La prefiero compartida antes que vaciar mi vida», Pablo Milanés. Julen iba a degüello y el fuego crepitaba en la chimenea. El hombre fue a la cocina y volvió. La primera vez con una botella fría de Martín Codax, la segunda, con una fuente en la que yacía una pareja de deliciosas —al menos esa pinta tenían— langostas Thermidor. Definitivamente Julen, que apartó la silla de la mujer, iba a por todas.

—Siéntate cariño —dijo.

Agatha hizo una mueca de desaprobación —quizá por la palabra «cariño»—, luego miró la langosta y sonrió. La langosta y el Cartier de pulsera que acompañaba al plato, en el lado de la mesa de Agatha.

—¿Qué tal estás de los golpes? Creo que te debo una disculpa —soltó mientras servía una copa de albariño.

—Al menos podías haber llamado…

—Sí, bueno, ya sabes que estaba en la Oviedo cup con los chavales.

—Sí claro, pero volviste anteayer y hasta hoy no te he visto el pelo.

—Bueno tú dijiste que estabas bien. Y ya vale de reproches, te reitero mis disculpas. ¡Sirvamos la langosta! —zanjó Julen.

Trataron de cosas sin importancia. Julen habló del torneo que acababan de ganar en Asturias y comentaron algunos aspectos de la actualidad. Dieron buena cuenta de la cena y para el postre sacó unas teclas con vino de naranja, un dulce preámbulo para lo que vendría después.

—Volviendo al tema de tu trabajo. ¿No tienes un poco de miedo después de la agresión?

—Pues no. No tengo miedo. ¿A qué viene eso ahora?

—Viene a que estoy preocupado…

—Pues vaya…

—Creo que deberías dejarlo, protegerte y olvidar todo ese tema.

—¿Se puede saber qué os ha dado a todos con mi artículo y con protegerme?, dejadme en paz, no pienso dejarlo, pienso llegar hasta el final.

Ya no hablaron más del tema y el calor producido por la chimenea y sobre todo por el albariño fue en aumento. Julen acercó su silla a la de Agatha y comenzó a susurrarle al oído. Ella percibía aquel inconfundible aroma a «Acqua di Gio Armani» y su aliento acariciándole el oído. Fue entonces cuando la mano del futbolista retirado, se posó sobre el muslo de la audaz periodista, al principio como pidiendo permiso, luego, suave, despacio, acariciando con la yema de sus cinco dedos aquel carnoso muslo, subiendo hasta toparse con la ropa interior.

Ella posa su mano derecha sobre el rostro del hombre y lo besa con pasión, su lengua, percibe carnosa y violenta la de su amante en un baile salvaje de humedad. Julen tira de la goma de la braga de Agatha provocando que esta rozara con los labios vaginales de la mujer. Agatha gimió. El beso del hombre abandona los labios sedientos de ella y comienza el descenso

167

por el cuello, al llegar a la yugular aprieta un poco los dientes marcando un mordisco.

La mano que hace un momento campaba a sus anchas bajo la falda de ella ahora, ayudada por su compañera izquierda, se afana en soltar los botones de la camisa y el sujetador, al tiempo que la lengua posa su punta sobre los pezones duros de pura excitación. El fuego crepita en la chimenea y la pareja retoza ya sobre la cama. Julen coge las muñecas de Agatha colocando los brazos hacia arriba, con una cuerda que no se sabe muy bien de dónde ha salido, la ata al cabecero de la cama, ata también sus tobillos dejando franca su vagina. Con una fuerte embestida la mujer lo siente entrar y salir. Gritos, gemidos. Más besos, saliva. Él se vierte dentro de ella, esta iba a ser la última vez…

Cuando Agatha despertó Julen ya no estaba en casa. Según le había dicho, aquella tarde tenía una reunión con el cuerpo técnico para definir algo de las «Directrices de actuación a todos los niveles». Una estrategia común de trabajo que abarcaba a todas las categorías del club. Se levantó y se calentó un café en el microondas, pasó por la ducha —justo para quitarse el olor a sexo— y se puso un chándal que con otras cuatro mudas y alguna prenda, formaban todo el espacio que había conseguido conquistar en aquella casa, en todo aquel tiempo. Un minúsculo rincón en un armario de la habitación de invitados…

Eran las seis de la tarde. Levantó la persiana que Julen había cerrado horas antes para «ambientar», era ya de noche. Dado que la casa de Julen y la de la periodista estaban separadas por apenas un kilómetro y medio en línea recta, Agatha decidió que daría un paseo por el Campo Volantín, se cambiaría de ropa en casa y luego iría a Bidebarrieta. Estaba ansiosa por ver a Ioar… Además, el viernes era la firma de libros.

—Tengo que hacerlo —se dijo en voz alta—. Julen es un hijoputa…

Salió del portal, saludó al portero con una sonrisa dibujada en su cara. Dirigió sus pasos por Botica Vieja hacia el puente de Deusto, lugar donde muere dicha calle y nace la avenida de las Universidades. De lejos divisó que justo en ese punto —donde antiguamente estaban las cocheras de Bilbobus—, había una furgoneta blanca y junto a ella un hombre con pinta de gorila. La primera reacción que tuvo la mujer al verla fue frenar en seco y quizá, quién sabe, sentir miedo. Luego miró al frente de nuevo y continuó la marcha, miraba la furgoneta y al hombre. Cada vez más cerca. Llegó a su altura y pasó a su lado mirando al suelo, a la baldosa Bilbao. Él ni la miró.

Ya lo había sobrepasado y, mientras suspiraba, sintió cómo alguien se le abalanzaba por detrás poniéndole un pañuelo en la nariz, era el hombre de la furgoneta y aquel pañuelo desprendía un olor dulzón y cítrico. Agatha se desmayó. Este hombre se llamaba; bueno no importa su nombre, para nosotros era Juan, un creyente que se sacrificó por la causa y cuyo ejemplo debería iluminar a generaciones de cristianos venideros. En la cabina iban María y Lucas, también mártires de la causa, cada uno a su manera.

—¡Regístrale a esa hija de la Gran Bretaña a ver qué lleva encima! —espetó Lucas.

—Nada. Solo el móvil y unas llaves; nada más.

—Deshazte del teléfono, no sea que nos intenten localizar con el GPS, las llaves puede que nos sean útiles.

Juan abrió la ventanilla de la furgoneta y lanzó con fuerza el smartphone que se estrelló contra la cuneta. Con el aire que entraba por la ventana Agatha fue despertándose. La cantidad de cloroformo con la que estaba mojado el pañuelo usado en el secuestro se reveló como insuficiente. Aún aturdida pudo comprobar que quien conducía era una persona conocida para ella: ¡La secretaria de «Nuevo Edén»! Juan, a su lado, que se había percatado de que Agatha estaba despierta, asió con fuerza la nueve milímetros —que llevaba en la mano desde que iniciaron el viaje— y se la puso en el pecho.

—¡Ni un movimiento, o te hago un agujero entre teta y teta!, ¡te vas a cagar!

Agatha tragó saliva, su rostro mojado por el sudor y tiznado de pánico parecía no entender. Pararon en tres o cuatro semáforos más y de pronto la furgoneta aparcó. Desde dentro se oyó el ruido de una persiana y la voz de la secretaria apremiada.

—¡Vamos, vamos!, ¡ahora no hay nadie!

Con una Astra 7000 presionándole sobre la nuca, Agatha fue conducida por María al interior de una lonja, situada en aquel callejón en la que antiguamente estuvo la imprenta donde se producía *La Búsqueda*. Una vez allí, los dos hombres la sujetaron por los brazos obligándola a sentarse en una silla.

—¡No se te ocurra intentar escapar porque eres mujer muerta!, solo queremos hacerte unas preguntas y que nos aclares algunas cosas.

—¡No tengo nada que contar! —escupió Agatha con la mirada perdida y balbuceando.

—¡Calla, perra!

Aquella tarde un servidor tenía que arreglar unos asuntos con unos proveedores, no precisamente de garbanzos para los comedores sociales, y la verdad es que la reunión no fue por los cauces que uno hubiera deseado y se alargó al menos por espacio de cuatro horas, así que llegué al «Seol» —que era como llamábamos a aquel local— sobre las doce o doce y cuarto bastante malhumorado. Agatha Miller estaba esposada con las manos hacia atrás en la citada silla.

—Buenas noches señorita Miller, es un placer volver a verla. ¡Quitadle las esposas! —ordené a los hermanos.

—El placer no es mutuo, señor Astudillo —reconozco que fue y aún hoy lo es, una sorpresa que conociera mi verdadera identidad.

—¡Bueno, vayamos al grano! Cuando te colaste en la red informática de «Nuevo Edén», entre los archivos...

—Yo no me he colado en ningu...

—¡Vamos Agatha!, ¿te crees que nos chupamos el dedo? ¿Con quién te crees que estás tratando?

—Yo...

—Entre los archivos que te llevaste, hay una carpeta que contiene un documento que compromete a un pez muy gordo y cuya revelación podría provocar un cisma en un estamento muy influyente en la sociedad. Una copia de dicho archivo estaba almacenado —por descuido— en el ordenador de la hermana María y la tarde que tú accediste remotamente a la red de «Nuevo Edén», hiciste una nueva copia, poniendo en peligro la reputación del citado personaje. Por suerte, el encriptado es muy poderoso y solo puede ser descifrado con un algoritmo que está a buen recaudo en la caja fuerte de un banco en un principado europeo —aquí fui yo el que pecó de indiscreción—, te tengo por muy inteligente pero no creo que hayas sido capaz de descifrarlo, en cualquier caso quiero llegar a un acuerdo contigo.

—¿Un acuerdo?

—Podría matarte aquí mismo y así silenciarte, pero quiero darte una oportunidad, soy un hombre de profundas creencias religiosas. Dame todas las copias de dicho archivo que hayas podido hacer y el compromiso de que no lo harás público y te dejaré vivir, en caso contrario...

—¡Pero eso no es un trato!

—No tienes alternativa...

En ese momento sonó un teléfono móvil. Respondí. Era él. Dijo que estaba llegando y que en unos segundos estaría en el «Seol». Y así fue que unos instantes más tarde se levantó la persiana, apareciendo en escena. Era un hombre de rictus serio y malas pulgas, en su trabajo pocos podían aguantarle y hasta se decía que desde que le abandonó su mujer, se le había agriado, aún más si cabe el carácter, aunque otros lo que susurraban a sus espaldas, era que su carácter agrio fue el causante del abandono. Sirvió a mis propósitos proporcionando a Abaddon cobertura, consiguiendo que la policía mirase para otro lado y presionando a los comisarios e intendentes. Hasta que llegó aquel grupo de policías entrometidos y su comisario que no cedió. Ahora dos están muertos, y los otros, quién sabe, la venganza es un plato que se sirve frío...

Precisamente venganza era lo que quería él. Nuestra organización, a través de «Nuevo Edén», había premiado generosamente sus servicios. Pero ahora le brindábamos otro presente tan valioso para él, como todo el dinero con el que se le pudiera sobornar. Miró a Agatha con desprecio y una medio sonrisa cargada de cinismo. Sus oscuros ojos sin vida brillaron por un segundo.

—Señorita Miller, ¡cuánto honor!

La periodista no podía dar crédito a lo que veía, conocía perfectamente a Etxenike de aquel artículo en el que sugirió aquellas conexiones con la extrema derecha y el trato de favor que supuestamente, y siempre según el artículo firmado por Agatha Miller, él y el superintendente Bernabé de Dios había brindado a algún preso de dicha ideología. También dejó entrever que aceptaba todo tipo de sobornos. Este episodio hizo mucha mella en la reputación del intendente y a punto estuvo de costarle el cargo, por suerte el juez era aún más corrupto que él. Juró venganza y se la quería cobrar. Alzó el brazo y lanzó un sopapo a la periodista que esta esquivó cayendo al suelo.

No sé muy bien cómo fue, yo estaba de espaldas mirando hacia la entrada del local, de pronto sentí un empujón y también caí. Agatha se había levantado a la velocidad del rayo al ver la persiana levantada. Embistió también a Pablo al que cogió totalmente desprevenido, lo arrolló haciéndole rodar hacia el callejón, y ella misma cayó también al conseguir salir.

Rodó unos metros por el asfalto, quedó tumbada boca arriba intentando incorporarse. María había cogido su arma saliendo del local con la misma Astra con la que ajustició a Meritxell Uría, amartillada. Agatha estaba de rodillas intentando ponerse en pie. María llegó hasta ella, alzó su pistola poniéndola sobre la frente de la periodista. El tiempo se paró en aquel instante en que se miraron las dos mujeres. Una sonrisa de satisfacción se dibujó en la cara de Lluvia Merelhes.

—¡Muere infiel! —dijo al tiempo que disparaba.

Su ropa quedó manchada por el estallido de sangre que aquella bala del veintidós hizo manar de la frente de Agatha Miller, la periodista cayó fulminada al suelo a plomo, su cuerpo quedó en posición fetal, inerte.

Huelga decir que yo la quería muerta, pero no de esta manera. Mi plan contemplaba que fuera Etxenike quien se manchara las manos de sangre. Así quedaría su venganza pagada. Él me debería una y yo me habría quitado de en medio a aquella entrometida. Pero al intendente de la policía autonómica se le fue la mano y todo se torció…

Una nube de silencio negro se hizo tras el tronar de la Astra y de pronto todos notamos una presencia extraña, alguien nos observaba. Era aquel hombre con aspecto de vagabundo que estaba con cara absorta; en el momento equivocado en el lugar erróneo y que ahora tenía que morir. Empezó la lluvia de balas, todos menos María que estaba sentada en una esquina cabizbaja pero sonriente.

Aunque alguien consiguió alcanzarle en un muslo —eso lo supe después—, fue lo suficientemente rápido para desaparecer y le buscamos, pero se esfumó, ya hemos contado cómo lo hizo con anterioridad. Nosotros, por nuestra parte, nos largamos de allí.

A la mañana siguiente nos comunicamos por los canales habituales, decidiendo dejar pasar una semana para que las aguas se calmaran, por lo que cada uno volvió a sus quehaceres diarios. Fijamos la reunión para el día dieciséis de enero en el lugar donde habitualmente las celebrábamos: el piso superior al «Seol» —«El cielo»— lo bautizamos, ese día fue la policía quien nos interrumpió.

22
Bilbao, 14 de enero de 2015 (parte dos)

Hacía veinticinco años que no pisaba este lugar, el abandono ha generado una suerte de microuniverso donde la soledad campa a sus anchas en cada rincón y las ratas reinan entre lo que un día fue bullicio de niños y juventud en día festivo. El sol no brillaba como aquel lejano día de junio en que Francisco y los otros me dejaron en la estacada, aquí en este mismo lugar en el que ahora la humedad se filtraba hasta el mismísimo tuétano.

Como en aquel día, habíamos quedado allí. El contacto había sido nulo durante todo este tiempo, aun así, las vías de comunicación habían permanecido abiertas y cuando el ajusticiamiento de Agatha Miller salió a la luz pública, fue él quien se puso en contacto conmigo. En principio fijamos la entrevista para el día doce pero la fuerza de los acontecimientos, —una cura a la que tuve que ser sometido, pequeña convalecencia con intervención quirúrgica exprés incluida y tras la cual me quedará una pequeña cojera de por vida—, al final dos días más tarde nos hemos citado después de tanto tiempo…

—Hola, padre. ¿Te ordenaste sacerdote, verdad? No creas que te he perdido de vista.

—Hay que acabar con esto —dijo sin preámbulos.

—Esto se ha acabado, de momento. Todos mis soldados, salvo uno que se va a pasar una temporada en la cárcel, están muertos. Toca hibernar otra vez.

—Déjalo ya, Leandro…

—¡Venga Esnaider, siempre has sido un cagao!, ¡tú empezaste esto y luego te echaste atrás!

—Pero yo… —dudó un momento—, matar es contrario a las enseñanzas de Jesucristo. El quinto mandamiento, ¿te acuerdas?

—Chorradas Esnaider, ¿nos acordamos del quinto mandamiento cuando «evangelizamos» América?, ¿cuál fue el sentido de la Santa Inquisición? Eres un ingenuo, siempre lo has sido.

—Pero…

—Las sagradas escrituras y dentro de ellas el quinto mandamiento y todos los demás no son el mensaje, son un medio. Lo realmente importante es mantener el poder, saber que la influencia de la iglesia puede mover montañas con solo proponérselo. ¡Ese es el milagro!

—¡Estás mal de la cabeza!, lo estabas con veinte años y creo que se te ha agravado al paso del tiempo!, esa periodista vino a pedirme información y no se la di.

—¡Le hablaste de Abaddon!

—Todo lo que le dije lo habría descubierto ella por sus medios. En cambio yo sabía que tú estabas detrás de todo esto y sin embargo me callé. También cuando vino la policía. Ahora creo que voy a tener que denunciarte, ¡esto tiene que acabar!

—¡Esto es la ira de Dios!

—¿Dónde irás ahora?

—El Opus Dei tiene una residencia en Roma, en la Via del Farnesi, pasaré allí el tiempo de reposo que sea necesario, luego volveré para continuar con la misión. —Metí la mano en el bolsillo derecho del abrigo y acaricié la empuñadura del cuchillo que en él guardaba, luego lo apreté con fuerza—. De todos modos tengo aún algún cabo suelto…

—¿Cabos sueltos?

Fue entonces cuando la hoja del cuchillo brilló en mi mano, al resplandor de un rayo vomitado por la tormenta. Una fuerte corriente de aire húmedo fue el único testigo de lo que aconteció después: mi brazo diestro se armó hacia atrás, y luego hacia adelante hundiendo la hoja plateada en el estómago de Francisco Esnaider. Y volvió hacia atrás y otra vez adelante, dos, tres veces y luego perdí el control, mi cabeza se quedó en blanco, mi razón turbada por la sed de sangre que en unos segundos me inundó, ¿quince?, ¿veinte puñaladas?, el olor a sangre me hizo sentir puro.

Esnaider sangraba arrodillado en el suelo de aquel antiguo vestuario de la piscina de aquel abandonado parque de atracciones. Sus ojos, de los que lentamente se esfumaba la vida, me miraron como preguntando: ¿Por qué?

Estuve tentado de hundir el cuerpo en la piscina pero deseché la idea para evitar mancharme más de lo que ya estaba. Monté en mi coche y hui de allí, llegué a mi pensión, y mientras me duchaba pensé que la sangre y el miedo mezclaban un perfume que me pareció de lo más excitante.

Ha pasado una semana del suceso del parque de atracciones, por las noches aún sueño con los ojos del padre Esnaider mientras iban vaciándose de vida. Supongo que el tiempo, eso también lo curará. Estoy sentado en la terminal del aeropuerto de Loiu. En veinte minutos sale mi vuelo para la ciudad eterna. En mi mano brilla una bala dorada, es un nueve del parabellum, que tenía el nombre de algún policía, pero que el fuego cruzado quiso que acabara en mi glúteo mayor. Llaman ya para el embarque, mi avión está a punto de partir.